Classiques &

Histoires vraies

Le Fait divers dans la presse du XVIe au XXIe siècle

Choix du thème et des textes,
présentation, notes, questions et après-texte établis par

JOCELYNE HUBERT
professeur de Lettres

MAGNARD

| SHREWSBURY |
| SIXTH FORM COLLEGE |

MAR 1989

BOOK NUMBER	B/22792
CLASSIFICATION	848 HUB

Sommaire

PRÉSENTATION
Repères historiques 5

HISTOIRES VRAIES – LE FAIT DIVERS DANS LA PRESSE
DU XVIe AU XXIe SIÈCLE
I. ANATOMIE DU FAIT DIVERS 9
1. Les « occasionnels » 11
2. Les « canards » illustrés du XIXe siècle 14
3. Les « chiens écrasés » 20
II. DÉSASTRES EFFROYABLES 31
1. « Le désastre merveilleux et effroyable… » (inondations
   du faubourg Saint-Marcel à Paris, le 8 avril 1579) 33
2. Le désastre de Lisbonne
   (tremblement de terre, le 1er novembre 1755) 37
3. La catastrophe de la Martinique
   (éruption volcanique, le 8 mai 1902) 41
4. Tsunami et séisme en Asie (26 décembre 2004) 47
III. CATASTROPHES ÉPOUVANTABLES 53
1. Naufrages (*La Méduse* en juillet 1816,
   Le Joola le 26 septembre 2002) 55
2. Coup de grisou (le 3 juillet 1889 à Saint-Étienne) 68
3. Explosion de l'usine AZF à Toulouse (21 septembre 2001) 73
4. Incendies 75
IV. BÊTES FAROUCHES ET ENRAGÉES 81

Sommaire

V. TUEURS EN SÉRIE 93
1. L'abominable Vacher «l'égorgeur» 95
2. Henri-Désiré Landru 96
3. Guy Georges, «le tueur de l'Est parisien» 103
VI. PASSIONS EXCESSIVES 115
1. Crimes passionnels 117
2. Rapts et séquestrations 123
VII. ENNEMIS PUBLICS N° 1 141
1. Louis Mandrin, chef des contrebandiers 143
2. Jules Bonnot 146
3. René Girier dit «René la Canne» 147
4. Jacques Mesrine 150
VIII. MYSTÈRES DE L'ÂME 161
1. Parricide crapuleux 163
2. Pierre Rivière 165
3. Jean-Claude Romand : faussaire, escroc
et quintuple meurtrier 170

Après-texte

POUR COMPRENDRE
Étapes 1 à 8 (questions) 184

GROUPEMENT DE TEXTES
Le fait divers dans la littérature 200

INFORMATION/DOCUMENTATION
Bibliographie, fictions théâtrales, filmographie,
visites, Internet 213

Présentation

REPÈRES HISTORIQUES

Pour l'historien de la langue, «le mot [fait divers] a été formé au XIXe siècle (1838) pour désigner une nouvelle ponctuelle concernant des faits non caractérisés par leur appartenance à un genre»[1]. La formation du mot correspond au succès du premier quotidien à prix modique : *La Presse* (1836), deux siècles après le lancement du premier périodique français, *La Gazette*, par Renaudot (1631). La circulation des «nouvelles du jour» existait bien avant. Les historiens de la presse datent sa préhistoire des papyrus égyptiens (IIe millénaire av. J.-C), contenant échos mondains et scandales de cour, rédigés par un scribe du palais payé par les partis d'opposition. Les historiens romains du Ier siècle font état d'affiches qui rendent compte des séances du Sénat, les *Acta publica*, ou relatent de curieuses anecdotes, les *Acta diurna* (littéralement, «faits journaliers»).

Au Moyen Âge, les nouvelles ont circulé oralement grâce aux trouvères et troubadours, aux pèlerins et aux compagnons. Manuscrites, elles deviennent, par exemple, les *Mémoires* de Joinville ou les *Chroniques* de Froissart. Avec l'imprimerie, apparaissent des feuilles volantes, publiées sans périodicité, à l'occasion de faits marquants, historiques ou divers (exploits guerriers, passage d'une comète, crime mystérieux). Parfois rédigés en vers, souvent illustrés de gravures, ces occasionnels ou papiers-nouvelles sont colportés à travers la France. Ce sont les ancêtres de notre grande presse d'information. Ils survivent à la création de *La*

---

1. *Dictionnaire historique de la langue française*, dirigé par Alain Rey, Le Robert, 1993.

Gazette et leur destination populaire s'accentue au cours des XVIIe et XVIIIe siècles.

Au XIXe siècle, les faits divers font mieux que survivre à l'avènement de la grande presse, ils la font vivre. *Le Petit Journal* (1863) et *Le Petit Parisien* (1876) leur accordent la première place et leur tirage atteint bientôt plus du million d'exemplaires! La presse d'information à grand tirage est née. Elle privilégie la relation de faits divers sensationnels qu'elle illustre de gravures hyperréalistes dans ses suppléments hebdomadaires et entraîne progressivement la disparition des « canards » occasionnels : « Le canard est une nouvelle quelquefois vraie, toujours exagérée, souvent fausse. Ce sont les détails d'un horrible assassinat [...] ; c'est un désastre, un phénomène, une aventure extraordinaire.» Autrefois, « le canard tenait lieu de journaux. La politique avait peu d'intérêt pour les habitants des villages et des campagnes » qui préféraient « des fictions moins académiques – le loup-garou, le moine bourru, la bête du Gévaudan [...]. Ceci est du Louis XV, mais déjà le sieur Renaudot avait fondé *La Gazette de France*, et le sieur de Visé *Le Mercure galant* – le canard allait avoir un domicile fixe... le journalisme était créé!»[1] Aujourd'hui, ce n'est pas un domicile, mais de multiples résidences que les journaux lui offrent sous des titres divers : si la presse régionale – y compris *Le Parisien* – a conservé sa rubrique « Faits divers », la presse nationale héberge, en rubrique « Société » ou « Notre époque », « ces nouvelles de toute sorte qui courent le monde : petits scandales, accidents de

---

2. Nerval, «Histoire véridique du canard», in *Le Diable à Paris*, 1845.

Présentation

voiture, crimes épouvantables, suicides d'amour, couvreur tombant d'un cinquième étage, vols à main armée, pluies de sauterelles ou de crapauds, naufrages, incendies, inondations, aventures cocasses, enlèvements mystérieux, exécutions à mort, cas d'hydrophobie, d'anthropophagie, de somnambulisme et de léthargie. »[1] Ces nouvelles ont leur domicile spécialisé depuis le lancement de *Détective* (1928) et de ses avatars (*Radar, Qui? police!* ou *Le Nouveau Détective*) et occupent une large place dans les magazines généralistes (*Paris Match*), les médias audiovisuels (*reality-shows*) et les scénarios de films destinés au grand public.

---

[1]. Définition de «fait divers» dans *Le Grand Dictionnaire universel* de Pierre Larousse, 1872.

I. Anatomie du fait divers

Dans l'argot journalistique, couvrir les faits divers se dit «faire les chiens écrasés» – c'est-à-dire couvrir les faits les moins importants de l'actualité. Le plus souvent traité sous forme de brève d'une dizaine de lignes dans les quotidiens nationaux, le fait divers local bénéficie d'un titre et d'un traitement plus large dans la presse régionale.

En rapprochant les brèves contemporaines des titres d'occasionnels et de canards d'autrefois, on discerne des éléments communs à toutes les époques :

– bien que concise, l'information contenue dans les titres et les brèves permet de répondre aux questions : *qui? quoi? quand? où?* et même parfois *comment? pourquoi?* sans qu'il soit besoin d'en référer à d'autres sources (*cf.* p. 52);

– la forme de l'énoncé est celle du récit au passé : il s'agit de relater un fait et d'en souligner l'authenticité – ce qu'annoncent explicitement les canards anciens;

– l'authenticité des faits relatés est d'autant plus soulignée que le fait est étrange, insolite, hors norme, d'où une abondance d'adjectifs emphatiques destinés à capter l'intérêt du lecteur ou de l'auditeur;

– le contenu explicite des récits met en évidence la récurrence des faits relatés : s'ils sont divers, ils restent constants à travers les âges et montrent l'homme aux prises avec une nature qui le dépasse, ses propres inventions qui lui échappent et ses pulsions qu'il ne contrôle pas toujours ;

– les héros de ces faits divers ont pour caractéristique d'être des gens ordinaires – du moins avant que le récit, amplifié et médiatisé (colporté en chansons comme autrefois ou en images comme aujourd'hui), ne leur confère la célébrité et ne transforme le fait divers en « affaire ».

Autant il apparaît difficile de « définir » le fait divers, autant son identification est aisée à la simple lecture de ces nouvelles diverses, collectées par des historiens :

– les premières ont été sélectionnées parmi la cinquantaine de titres d'occasionnels des XVIe et XVIIe siècles, présentés par Maurice Lever dans *Canards sanglants, naissance du fait divers* (Fayard, 1993) ;

– les dix suivantes figurent parmi la centaine de canards illustrés du XIXe siècle que Jean-Pierre Seguin a extraits des collections de la Bibliothèque nationale pour une exposition traitant de la fascination du fait divers (musée-galerie de la Seita, 9 nov. 1982-30 janv. 1983) ;

– les vingt dernières font partie d'un survol personnel et aléatoire de la rubrique « En bref » ou bien « Notre région » de différents périodiques nationaux et régionaux au cours de l'été 2006.

Les thématiques communes aux trois sections se dégagent dès la première lecture ; elles ont fourni la trame des chapitres suivants.

Histoires vraies – Le fait divers dans la presse

1. LES «OCCASIONNELS»

Texte 1

Histoire sanguinaire, cruelle et émerveillable[1] d'une femme de Cahors en Quercy, près Montauban, qui désespérée pour le mauvais gouvernement et ménage de son mari, et pour ne pouvoir apaiser la famine insupportable de sa famille, massacra inhumainement ses deux petits enfants, et consécutivement sondit mari, pour lesquels meurtres elle fut exécutée à mort par ordonnance de justice, le cinquième jour de février 1583 dernier passé.

Texte 2

Histoire tragique d'un gentilhomme savoyard, qui ayant trouvé sa femme adultère, la fit tuer par ses deux propres enfants, avec une fille qu'elle avait eue en son absence, et depuis tua lui-même ses deux enfants. Au mois de février mil six cent cinq.

Texte 3

Histoire nouvelle et prodigieuse d'une jeune femme, laquelle pendit son père pour l'avoir mariée contre son gré, ses refus, ses regrets et ses larmes, avec un vieillard impuissant en amour, jaloux de son ombre, et qui la tourmentait sans cesse. Exécutée à Nice en Piémont, le 14e jour de mars 1609.

---

1. Étonnante.

Texte 4

Histoire lamentable d'une jeune demoiselle, laquelle a eu la tête tranchée dans la ville de Bordeaux pour avoir enterré son enfant tout vif au profond d'une cave, lequel au bout de six jours fut trouvé miraculeusement tout en vie et ayant reçu le baptême, rendit son âme à Dieu.

Texte 5

Lamentable récit du pitoyable embrasement du Pont-aux-Oiseaux et du Pont-au-Change de Paris, arrivé la nuit du 23 octobre de l'année présente 1621. Avec la perte d'une infinité de personnes et de trésors inestimables. Le tout représenté au naïf[1], avec le récit de tout ce qui s'y est passé.

Texte 6

Punition de Dieu sur les Hollandais, en leur ville capitale d'Amsterdam, par un gouffre de feu, lequel a consommé et brûlé le nouveau temple et vingt-deux maisons. Ensemble la quantité d'hérétiques[2], lesquels se sont retirés sous la puissance d'Albert, archiduc d'Autriche, en sa ville de Bruxelles.

Texte 7

Arrêt mémorable de la Cour de Parlement de Dole du dix-huitième jour de janvier 1574, contre Gilles Garnier, lyonnais, pour avoir en

---

1. De façon ressemblante.
2. Chrétiens partisans de la Réforme condamnée par l'Église catholique.

Histoires vraies – Le fait divers dans la presse

forme de loup-garou dévoré plusieurs enfants et commis autres crimes. Enrichi d'aucuns points recueillis de divers auteurs pour éclaircir la matière de telle transformation.

Texte 8

Discours miraculeux et véritable d'un Turc, lequel par dérision frappa l'image d'un crucifix d'un coup de cimeterre[1], dont en ruissela le sang. Et ledit Turc demeura sur la place, sans se pouvoir bouger, jusqu'à ce qu'il eut fait vœu de se faire chrétien. Ce qui arriva le treizième jour de janvier 1609.

Texte 9

Histoire véritable et mémorable de la grande cruauté et tyrannie faite et exercée par un colonel signalé de l'armée de Gallas, lequel a tué, pillé et violé plusieurs paysans et paysannes, qui a été emporté et mangé visiblement par les diables, et à la vue de beaucoup de personnes du pays d'Allemagne.

Texte 10

Monstres prodigieux advenus en la Turquie, depuis l'année de la comète jusqu'en l'an présent 1624, menaçant la fin et entière ruine de l'empire Turquesque. Le dernier prodige arriva au mois d'avril dernier en la ville d'Ostrouizze, forteresse du Turc, d'un enfant ayant à la tête trois cornes, trois yeux, deux oreilles d'âne, une seule narine et

---

1. Sabre oriental à large lame recourbée.

les pieds tortus et renversés, ainsi qu'il est représenté par la figure suivante.

> Maurice Lever, *Canards sanglants, naissance du fait divers*, table des matières (extraits), Éditions Fayard, Paris, 1993.

2. LES « CANARDS » ILLUSTRÉS DU XIXe SIÈCLE

Texte 11

DÉTAILS EXACTS

Sur le terrible incendie qui vient d'éclater à Lyon et qui a consumé jusque dans ses fondemens la superbe construction connue sous le nom de maison Nivière. – Dévoûment des habitans et de la garnison, et notamment de M. le colonel Chauchard.
(Paris). Imprimerie de Cassaignon (sic).
Publié le 11 avril 1851.

Texte 12

NOUVEAUX INCENDIES

Détails circonstanciés sur les terribles Incendies qui se propagent dans différentes communes. – Nombre des Maisons qui ont été dévorées par les flammes, et des Victimes privées de gîte et du nécessaire. – Menaces anonymes qui ont précédés *(sic)* tous ces malheurs. –
5 Surveillances exercées jour et nuit par les Habitants, pour arrêter ce terrible fléau. – Soixante Maisons brûlées dans un seul village, et cent cinquante Ménages se trouvant sans asile. – Deux Maîtres Boulangers

Histoires vraies – Le fait divers dans la presse

incendiés, dont un ayant fait venir la veille quatre-vingts Sacs de farine. – Voitures envoyées à la ville voisine pour rapporter du pain aux malheureux privés de tout, ainsi qu'aux travailleurs. – Belle conduite des autorités, de la troupe, des pompiers, et de tous les habitans des communes environnantes. Arrestation de plusieurs Incendiaires.

Paris. Imprimerie Chassaignon.
Publié le 17 juin 1846.

Texte 13

INONDATIONS DANS LES DÉPARTEMENTS

Détails des cruels désastres survenus à Orléans et ses environs par suite du débordement de la Loire. – Destruction totale de plusieurs ponts et du viaduc de Vierzon. – Maisons plongées dans plus de cinq mètres (15 pieds) d'eau. – Communications interceptées. – Cruelle position et désolation des habitants du Val, forcés de se réfugier sur les toits et sur le haut des arbres. – Factionnaire[1] trouvé noyé dans sa guérite[2]. – Perte de la plus grande partie des bestiaux. – Engloutissement des Tuileries de Saint-Mesmin, de la Poste aux chevaux, de la caserne de gendarmerie d'Audrezieux, et de plus de cent maisons. Disparition totale d'un hameau sous les eaux. – Affreux malheur arrivé dans une des diligences Laffite et Caillard. – Mort de plusieurs personnes parmi lesquelles se trouvaient le postillon[3] et le conducteur qui cherchaient à sauver une femme. – Belle conduite de deux capitaines de bateaux à vapeur qui ont sauvé la vie à plus de 600 personnes. – Noms de ceux qui se sont fait remarquer dans ce terrible désastre. – Traits de courage des soldats et des

---

1. Soldat de garde.
2. Abri du soldat de garde.
3. Conducteur de voiture.

chefs du 57e régiment de ligne. – Nouvelles récentes d'Orléans où plus de mille maisons sont sous les eaux.
Paris. Imprimerie de Chassaignon.
Publié en octobre 1846.

Texte 14

RELATION EXACTE ET TOUCHANTE

Sur le Malheur arrivé sur mer, où plus de 50 Personnes périrent. – Détails sur cet horrible Événement, rapportés par un Matelot qui a échappé à une mort certaine, en se déshabillant et en s'attachant à une planche. – Canot coulant à fond, étant rempli de monde. – Scène de douleur, en voyant un homme prier Dieu, entouré d'un grand nombre de Passagers. – Paroles remarquables du capitaine, en voyant le Bâtiment qui s'enfonçait dans la mer.
Paris. Imp. de Chassaignon.
Publié le 31 juillet 1843.

Texte 15

RENCONTRE EXTRAORDINAIRE

D'un jeune Enfant, poussant des cris de désespoir, qui fut aperçu, abandonné sur une barque, en pleine mer, par un bateau à vapeur ; ce malheureux était transi de froid et à demi mort, ne pouvait articuler aucune parole, étant resté trois jours et trois nuits sans prendre aucune
5 nourriture, et ayant horriblement souffert de la soif. Une dame anglaise, passagère sur le bateau, le prenant sous sa protection, jusqu'à ce qu'elle put avoir des renseignements sur sa famille et le lieu de sa naissance. – Détails curieux sur une jeune Fille, âgée de 16 ans, belle comme un

ange, qui fut trouvée dans un champ, ne pouvant dire ni indiquer de quel endroit elle était, ne sachant pas un mot de français, fut recueillie par une dame de Valence, qui la fit conduire à Marseille ; la cause qui lui fit perdre ses parents, les voyant se disputer dans une auberge ; sa fuite précipitée, et son égarement dans les champs, ne pouvant retrouver son chemin. Vol commis sur elle par des vendangeuses. Son affreux désespoir quand elle voi *(sic)* arriver la nuit, et prononce les mots de MORT, MOURIR. Elle a au cou une médaille de la vierge.

Paris. Imprimerie Chassaignon.
Publié le 22 octobre 1842.

Texte 16

EFFROYABLE CATACLYSME DE LA MARTINIQUE, UNE VILLE TOUTE ENTIÈRE DÉTRUITE

Dernières dépêches. – Les Éruptions continuent dans toutes les Antilles. – Un deuil national. – Les secours. – Récits des survivants. – Les navires perdus. – L'Émotion en Europe. – Historique de la Martinique. – Explications scientifiques du cataclysme. FORT-DE-FRANCE MENACÉ.

Paris. Impression en couleurs, pour Martinenq.
Publié en mai 1902.

Texte 17

CRIME HORRIBLE

Commis par un père dénaturé sur son fils, qu'il a eu la cruauté d'attacher avec un collier de fer au cou, et de le tenir enfermé pendant sept ans dans un souterrain, à Chantilly près de Paris, où on a découvert ce malheureux dans l'état le plus affreux, et par un hasard extraordinaire, par le soin que prenait le père de cacher la prison de son fils, etc. etc.

Paris. Imprimerie de J. Gratiot; chez Garson Fabricant d'Images.
Publié vers 1832.

Texte 18

DÉTAILS D'UN ASSASSINAT ÉPOUVANTABLE

Commis dans une auberge, en pays étrangers *(sic)*, par une bande de quarante brigands, sur des voyageurs. – Fidélité et courage sans exemple d'un chien qui a sauvé la vie à son maître, en étranglant un des assassins qui s'était caché dans un poêle[1]. – Lutte acharnée entre une victime et un de ces scélérats. – Arrestation du cabaretier, de sa femme, ses deux fils et de leur domestique, comme complices de cet abominable forfait. – Interrogatoire des accusés, leur jugement et leur condamnation.

Paris. Imprimerie de Baudouin.
Publié vers 1838.

Texte 19

DÉTAILS EXACTS SUR HORRIBLE ASSASSINAT COMMIS PAR VENGEANCE

Sur la personne d'Alexandrine, âgée de 28 ans, cuisinière, rue de Grammont, n° 1, par le nommé François, âgé de 30 ans, domestique

---

1. Appareil de chauffage acceptant différents combustibles (bois, charbon, et aujourd'hui fuel).

Histoires vraies – Le fait divers dans la presse

dans la même maison, qui s'est armé d'un énorme couperet et en a porté trois coups sur la tête de sa malheureuse victime, qui est tombée baignée dans son sang, et ensuite l'assassin s'est précipitée *(sic)* par la fenêtre du cinquième étage et est mort en tombant fracassé dans la rue.

Paris. De l'Imprimerie de J. Gratiot; chez Garson Fabricant d'Images.
Publié le 24 août 1833. Tiré à 6 000 exemplaires.

Texte 20

L'INFERNAL MÉDECIN, OU LE REMÈDE UNIVERSEL

Épouvantables assassinats qui ont jeté la terreur dans la ville de Rouen, commis par le nommé Isidore-Napoléon THIBERT, âgé de 37 ans sur la personne du sieur Durand, qu'il a cruellement mutilé a *(sic)* coups de marteau. – D'avoir pendu le sieur Boucher avec une corde qu'il avait fait acheter par sa victime, en lui persuadant qu'il le guérirait d'une longue maladie. – D'avoir, par le même moyen, donné la mort ou tenté de la donner à plusieurs vieillards, le sieur Marais, rentier, âgé de 81 ans, et les nommés Lesourd, Lerond et Levigneux. – D'avoir tenté d'assassiner une vieille femme, en la pendant. – La manière miraculeuse dont elle a échappée *(sic)* à la mort en cassant la corde à laquelle elle était accrochée. – Atrocités *(sic)* de l'assassin envers ses victimes. – Son jugement et sa condamnation à la peine de mort par la Cour d'assises de la Seine-Inférieure. – Les paroles qu'il a prononcées pour sa défense.

Paris. Imp de P. Baudouin. Se vend chez Dupont.
Publié en février 1844.

Jean-Pierre Seguin, *Les Canards illustrés du XIXe siècle,*
fascination du fait divers, catalogue de l'exposition,
musée-galerie de la Seita, 1983 (droits réservés).

3. LES « CHIENS ÉCRASÉS »

Texte 21

UNE PERSONNE ÂGÉE BRÛLÉE ET 50 FAMILLES ÉVACUÉES
Feu dans une chambre

Une personne âgée de 97 ans a été légèrement brûlée et une cinquantaine de familles ont été évacuées mercredi soir, tour Mermoz à Yvetot, à la suite d'un incendie.

Les sapeurs-pompiers ont été appelés vers 21 heures. De la fumée s'échappait d'un appartement occupé par une femme de 97 ans. Le feu a pris naissance dans une chambre, sans doute au niveau d'une lampe de chevet. La lampe s'est embrasée. L'alerte a été rapidement donnée. La victime légèrement brûlée à un coude et une jambe a été prise en charge par les sapeurs-pompiers et transportée au CHU Charles-Nicolle, en raison de son grand âge. Les services des secours ont fait évacuer une cinquantaine d'appartements de la tour, le temps de procéder au désenfumage des cages d'escalier. L'opération a duré une demi-heure environ.

Seule la chambre de l'appartement a été brûlée. Une enquête a été ouverte par les gendarmes d'Yvetot.

Le Courrier cauchois, 29 juillet 2006.

Texte 22

CAMION CONTRE TRAIN ET TRAIN CONTRE MAISON

À Feignies (Nord), un camion a franchi hier un passage à niveau et percuté un train de marchandises qui a alors déraillé. Dans le choc, une vingtaine de conteneurs ont été projetés aux alentours. L'un d'eux est allé éventrer la façade d'une maison, dont les occupants, à l'étage, n'ont pas été touchés. Seul le chauffeur du camion a été blessé.

Libération, 9 août 2006.

Texte 23

MARSEILLE : ATTAQUE ARMÉE AUX SACS POSTAUX

Au moins cinq personnes cagoulées et lourdement armées ont attaqué dans la nuit de lundi à mardi l'entrepôt d'Air Assistance chargé du trafic aérien pour La Poste à l'aéroport de Marseille-Provence. Les voleurs ont emporté de nombreux sacs postaux sous le nez de plusieurs dizaines d'employés, sans tirer un coup de feu ni prononcer une parole.

Libération, 12 juillet 2006.

Texte 24

TROIS MORTS CONTRE UN MUR

Trois hommes ont été tués et un quatrième grièvement blessé dans un accident de voiture, dimanche à 2 h 30 du matin, sur la commune de Bourg-Saint-Andéol, en Ardèche. La voiture dans laquelle se trouvaient les victimes, âgées de 26 à 40 ans, a traversé la route avant de percuter un mur. Le blessé, qui était assis à l'arrière, a été transporté à l'hôpital de Montélimar.

France-Soir, 28 août 2006.

Anatomie du fait divers

Texte 25

LE SURFEUR DÉCÈDE

Un surfeur réunionnais, dont le bras avait été arraché par un requin dimanche, est décédé à l'hôpital des suites de ses blessures. C'est la première fois depuis sept ans qu'une personne meurt après avoir été mordue par un squale[1] dans l'île.

20 Minutes, 22 août 2006.

Texte 26

IL PAIE SON AMENDE AVEC DES FAUX BILLETS

19 ans, il voyageait dans le Milan-Paris avec des faux Gucci. Du côté de Modane, les douaniers l'ont verbalisé. Obéissant, il a payé l'amende avec… de grossiers faux billets de 50 euros. Après avoir failli avaler leur képi, les douaniers l'ont, sur-le-champ, arrêté.

Libération, 22 mai 2005.

Texte 27

PAS DE POT

Arrêté pour avoir dérobé des fleurs dans un cimetière à Limoges

Lazare, âgé de 76 ans, a été arrêté et placé en garde à vue, convaincu d'avoir volé des pots de fleurs dans le cimetière de Nedde, un village de la Haute-Vienne. Le vieil homme, surpris en flagrant délit par les

---

1. Poisson de la famille des Sélaciens (du grec *selakhos* = poisson cartilagineux).

gendarmes, utilisait la terre de bruyère pour combler les trous creusés par son chien dans le jardin potager.

Nice-Matin, 22 septembre 2006.

Texte 28

IL AGRESSE UNE EX DE SON AMANT

La jalousie dépasse le mur du sexe. Apprenant que son amant avait eu une liaison avec une femme six ans auparavant, l'homme est allé la « découper ». Il s'est contenté de la mordre, de l'étrangler un peu et de la blesser grièvement. Il a reconnu les faits. On l'a écroué.

Libération, 22 mai 2005.

Texte 29

INSOLITE

À deux jours d'intervalle, un chevreuil a attaqué deux personnes près d'un village de la Vienne, a révélé, hier, le maire. La première victime du cervidé (en rut[1] ou bien blessé par un chasseur car il boitait) a été une femme de 71 ans, qui faisait de la marche, dimanche. Elle a dû recevoir 50 points de suture. Mardi, un jogger de 36 ans s'est défendu et a pu sortir indemne de sa mésaventure.

Le Parisien, 9 août 2006.

---

1. Période d'accouplement des mammifères.

Texte 30

LES BRAQUEURS DE BANQUE AFFRONTENT LES CLIENTS

La Banque nationale de Paris, située 59, avenue d'Italie (13e), a été le théâtre, hier matin, d'un vol à main armée, perpétré par deux malfrats. Les braqueurs se sont enfuis avec un maigre butin de 2 200 € après avoir sauté du premier étage de l'agence. Le duo avait d'abord tenté de s'enfuir par le sas de l'entrée principale, sur l'avenue. Celui-ci étant bloqué, ils ont dû rebrousser chemin, affrontant la rébellion des clients et du personnel. L'un d'entre eux a d'ailleurs reçu un coup de crosse sur la tête. Sur place, les enquêteurs de la 3e division de police judiciaire ont retrouvé un pistolet factice.

Le Parisien, 9 août 2006.

Texte 31

PLUS DE 80 MORTS DANS L'EXPLOSION D'UN OLÉODUC EN IRAK

Alors qu'un calme précaire est revenu hier à Diwaniyah après de sanglants affrontements entre soldats irakiens et miliciens chiites, 74 personnes ont été tuées dans l'explosion accidentelle d'un oléoduc, à une vingtaine de kilomètres au sud de cette ville. Les affrontements entre l'armée du Mehdi, proche du chef radical chiite[1] Moqtada al-Sadr, et l'armée ont fait au moins 81 morts entre dimanche et lundi. De son

---

1. De l'arabe *chî i*, *chî at* (= prendre parti) ; désigne les « partisans d'Ali » par opposition aux sunnites, qui suivent la *Sunna* (tradition). Minoritaires en Irak, ils sont majoritaires en Iran depuis Khomeiny (1979).

côté, l'armée américaine a annoncé la mort de 12 soldats, dimanche et lundi. (AFP, Reuters)

Libération, 30 août 2006.

Texte 32
ÉLECTROCUTÉ PAR SA CANNE À PÊCHE

Un pêcheur du Mans est mort électrocuté lorsque sa canne à pêche s'est approchée d'une ligne à haute tension. « C'est un accident bête, a expliqué un gendarme. Il n'y a pas eu contact entre la canne et la ligne. Il y a eu formation d'un arc électrique, l'équivalent d'un éclair. » Ce phénomène est aussi parfois à l'origine de départs d'incendies.

Libération, 12 juillet 2006.

Texte 33
LE TOBOGGAN S'ENVOLE : HUIT ENFANTS BLESSÉS

Au parc d'attraction de Ludale (Doubs), parc de Pouligney, un toboggan gonflable d'environ 4 mètres de haut, sur lequel jouaient une vingtaine d'enfants, s'est décroché et s'est envolé sur près de 80 mètres. Sept enfants ont été légèrement blessés après avoir chuté au sol, un huitième a été grièvement atteint.

Libération, 9 août 2006.

Texte 34

170 MORTS DANS LE CRASH D'UN AVION RUSSE EN UKRAINE

Un avion de ligne russe avec 170 personnes à bord s'est écrasé hier en Ukraine. À Moscou, les autorités aériennes ont annoncé privilégier la piste des «turbulences météorologiques». Les autorités ukrainiennes ont, elles, affirmé qu'un incendie s'était déclaré à bord du Tupolev 154
5 avant l'accident et que l'équipage avait tenté sans succès un atterrissage d'urgence. Cent soixante passagers et dix membres d'équipage se trouvaient à bord de l'avion assurant la liaison entre Anapa, une ville russe au bord de la mer Noire, et Saint-Pétersbourg, dans le Nord-Ouest. L'avion s'est écrasé à 45 km au nord de Donetsk, ville de l'est de
10 l'Ukraine proche de la frontière russe. Il n'y a aucun survivant. (AFP, Reuters)

Libération, 23 août 2006.

Texte 35

DIX MOIS DE DÉRIVE EN HAUTE MER

Trois pêcheurs mexicains qui ont survécu à dix mois de dérive dans le Pacifique ont livré, hier à l'AFP, le récit de leur odyssée de 8 000 km en haute mer. «On a passé la plupart du temps à lire la Bible. Dieu nous a vraiment aidés», a expliqué le bien nommé Jesus Vidana Lopez,
5 27 ans. Recueillis le 9 août, ils avaient quitté le petit port de pêche de San Blas en octobre 2005 pour aller pêcher le requin à bord d'une barque motorisée, mais le mauvais temps, puis une panne les avaient empêchés de regagner la côte. Leur embarcation ne disposait d'aucun moyen d'alerte ni de navigation. Ils se sont nourris de poisson cru et de

Histoires vraies – Le fait divers dans la presse

mouettes, buvant l'eau de pluie. Ils ont passé jusqu'à treize jours sans manger. Deux autres marins sont morts. Les rescapés ont nié s'être livrés au cannibalisme. À son retour, Vidana a découvert qu'il était père d'une fille de 6 mois.

Libération, 23 août 2006.

Texte 36

MARI VIOLENT

Un homme d'une quarantaine d'années de Saint-Jean-du-Cardonnay, près de Barentin, a été interpellé par les gendarmes de Déville-lès-Rouen à la suite de violence sur son épouse. Dans la nuit de samedi à dimanche, l'homme sous l'emprise de l'alcool a menacé sa femme avec une scie à bois. Alertés par des voisins, les gendarmes ont réussi à le maîtriser. Le mari violent a été placé en garde à vue et déféré lundi devant le procureur de la République de Rouen. En attendant son jugement, il a interdiction de rencontrer sa famille et de se rendre dans son village.

Le Courrier cauchois, 29 juillet 2006.

Texte 37

UN CORPS ANONYME ET UN AUTRE IDENTIFIÉ

Le service des délégations judiciaires de l'hôtel de police cherche toujours à identifier le cadavre de la femme repêchée le samedi 1er avril, au niveau de la digue nord du Havre. Les deux appels à témoins publiés dans la presse avec photo n'ont pas permis de mettre un nom sur la victime.

À l'inverse, le corps retrouvé en deux parties à deux jours d'intervalle près de la vigie portuaire les vendredi 19 et samedi 20 mai a été formellement identifié grâce aux empreintes dentaires. Il s'agissait d'un inspecteur des douanes, qui avait mis fin à ses jours en se jetant dans l'avant-port. Ses obsèques ont été célébrées dans l'intimité.

Le Havre libre, 24 juin 2006.

Texte 38

À TROIS ANS, IL FAIT UNE FUGUE EN BUS

Les voyages forment la jeunesse certes, mais peut-être ne faut-il pas commencer trop tôt. Alors que ses parents étaient en train de choisir des livres à la bibliothèque de Braintree dans le sud-est de l'Angleterre, le petit Léon, trois ans, a échappé à leur surveillance. Il est sorti dans la rue et a grimpé dans un bus qui l'a emmené à Colchester soit une vingtaine de kilomètres plus loin. Paniqués, les parents ont alerté la police. Le jeune aventurier a été retrouvé par un couple à la station d'arrêt de bus de Colchester.

Ouest France, 14 août 2006.

Texte 39

DRÔLE D'ANIMAL SUR LA CÔTE D'OPALE

« Si ce n'est pas une panthère, c'est un très gros chat. » Des gendarmes ont aperçu, samedi, à Audinghen (Pas-de-Calais) un animal plutôt inhabituel sur la Côte d'Opale. Des promeneurs avaient observé ce félin « noir ou foncé », long d'un mètre environ, dans un champ de maïs. « Il voyage entre un champ de blé coupé et un champ de maïs », a précisé la gendarmerie. Mercredi, la même bête avait probablement été vue sur la plage de Wissant, à quelques kilomètres de là. Samedi matin, une quinzaine de gendarmes étaient mobilisés pour capturer l'animal.

Ouest France, 9 août 2006.

Histoires vraies – Le fait divers dans la presse

Texte 40

LE MYSTÈRE DU PONT DE ST-BLAISE : UN HOMME RETROUVÉ MORT

Cette histoire est vraie. Et pourtant l'intrigue que vont devoir résoudre les gendarmes de Nice et de Levens est digne d'un roman policier. L'affaire a débuté hier, à Saint-Blaise. Dans ce petit village surplombant la vallée du Var, il y a eu mort d'homme. Mort d'un seul homme, mais découverte de deux cadavres !

Le mystère du pont de Saint-Blaise a été mis au jour dans la matinée. C'est un riverain qui a donné l'alerte : au beau milieu de ce viaduc, à la sortie du village, une traînée de sang barre en effet la chaussée. Signe funeste, les traces courent sur le bitume, remontent jusque sur la rambarde de sécurité, pour se jeter dans le vide...

Près de 80 mètres plus bas, au fond d'un vallon escarpé, deux corps ont été retrouvés l'un à côté de l'autre. Celui d'un homme non identifié d'une quarantaine d'années, mais aussi celui d'un sanglier. Drôle de coïncidence.

Zones d'ombre

Y a-t-il un lien entre ces deux cadavres ? Rien n'indique que la victime est un chasseur. Il y avait bien une battue, hier, dans le secteur, mais personne ne manquerait à l'appel. Et puis aucune arme, pas même une cartouchière, n'a été retrouvée sur place. Rien pour étayer l'hypothèse peu probable d'un accident de chasse.

Alors pur hasard ? Soit, dissocions les deux cadavres. Mais cela ne suffit pas à lever toutes les zones d'ombre. Si le sang retrouvé sur le pont est celui de la victime... humaine, celle-ci aurait pu avoir un accident. Percutée au milieu de la route, blessée, elle se serait traînée jusque sur le bas-côté et serait tombée. Le problème c'est que sur le pont il n'y a ni bris de verre ni trace de freinage.

Si ce n'est pas un accident c'est donc un crime. Mais on imagine mal la victime sauvagement agressée à quelques mètres du village sans que personne n'entende rien. Alors aurait-elle été déjà morte, son corps transporté dans le coffre d'une voiture puis jeté par-dessus le pont ? Cela collerait avec les constatations : la traînée de sang au milieu de la route. Pas la moindre gouttelette, ni à gauche ni à droite. Le problème c'est que cette version n'est pas logique : pourquoi se donner tant de mal pour faire disparaître un corps et laisser bien en évidence les traces de sang !

Il ne reste plus que le suicide. Elle aussi incompatible avec la traînée ? Sauf si l'hémoglobine est d'origine animale. La carcasse du sanglier jetée par « dessus pont » aurait atterri par hasard à côté du corps d'un homme qui quelques jours plus tôt aurait mis fin à ses jours au même endroit. Après tout il ne serait pas le premier à se suicider du haut de ce viaduc. Mais cela fait tout de même beaucoup de coïncidences. Et les coïncidences, les enquêteurs n'aiment pas ça. C'est pourquoi ils poursuivent leurs investigations tous azimuts.

Éric Galliano, *Nice-Matin*, 1er octobre 2006.

II. Désastres effroyables

« *Jou mal hè pa ni pwen gad.* » Ce proverbe créole met l'accent sur l'une des caractéristiques essentielles des catastrophes naturelles : leur imprévisibilité. « Le malheur ne prévient pas. »

Les Martiniquais le savent : le 8 mai 1902, à 8 heures du matin, les 28 000 habitants de Saint-Pierre, leur capitale d'alors, furent ensevelis sous les déjections brûlantes de la montagne Pelée.

L'Asie avait déjà connu en quatre siècles une vingtaine de tsunamis meurtriers, mais n'en fut pas moins surprise par le plus meurtrier de tous : le 26 décembre 2004, un séisme de magnitude 9,0 sur l'échelle de Richter faisait 230 000 victimes (morts ou disparus) dans 8 pays asiatiques et 5 pays africains.

Par deux fois, à deux siècles d'écart, Lisbonne fut détruite par un tremblement de terre, qui fit deux fois plus de victimes la seconde fois (60 000 morts).

Même lorsqu'elles sont prévisibles, voire prévues, inondations et tornades saisonnières continuent à ravager le Bangladesh et la Caraïbe… même l'Amérique s'est laissée surprendre à l'automne 2005 par le cyclone Katrina.

Car, à la soudaineté du cataclysme, s'ajoute la violence des éléments déchaînés : rien ne peut stopper un fleuve en crue, ni une pluie torrentielle… comme purent le constater, le 8 avril 1579, les habitants d'un quartier de Paris, ville ordinairement dotée d'un climat tempéré (p. 33 et p. 52) !

Ces catastrophes sont généralement relatées par les survivants ou par des témoins directs se trouvant par hasard à proche distance. Le témoin se fait alors correspondant exceptionnel des gazettes de son temps, tel ce Miguel Tibério Pedegache, dont le talent littéraire ajouté à ses qualités d'observation constitue un formidable reportage sur le tremblement de terre de Lisbonne. Tel encore ce Dr Berté, médecin à bord du *Pouyer Quertier*, qui assiste, impuissant, à l'éruption de la montagne Pelée et à la destruction de Saint-Pierre où vit sa famille (8 mai 1902) et consigne scrupuleusement par écrit toutes ses observations.

Tous ces reportages conjuguent l'émotion du témoin et l'incompréhension du scientifique devant l'ampleur du désastre. Ce caractère à la fois subjectif et objectif du témoignage leur donne un fort cachet d'authenticité, à tel point que certains philosophes, après Lisbonne, en furent ébranlés dans leurs convictions : « cent mille fourmis, notre prochain, écrasées tout d'un coup dans notre fourmilière, et la moitié, périssant sans doute au milieu des débris dont on ne peut les tirer. »[1] Voilà de quoi douter de la Providence…

---

[1]. Lettre de Voltaire à Tronchin, datée du 24 novembre 1755.

1. « LE DÉSASTRE MERVEILLEUX ET EFFROYABLE... » (INONDATIONS DU FAUBOURG SAINT-MARCEL À PARIS, LE 8 AVRIL 1579)

Texte 1

Le Désastre merveilleux et effroyable d'un déluge advenu au faubourg Saint-Marcel, lès[1] Paris, le 8e jour d'avril 1579, avec le nombre des morts et blessés et maisons abattues par ladite ravine. Ensemble un petit discours fait par les dames des Cordelières et le moyen par lequel elles se sont préservées de ladite ravine[2].

L'histoire est nommée par Cicéron autrement *Mémoire publique*, et cela non sans cause, car son propre est de raconter des choses vues, et même par celui qui les met par écrit. Estimant le présent discours au nombre de ceux qui sont dignes d'être retenus pour être très véritables, et aussi miraculeux que subits et épouvantables, ne trouve pas étrange, ami lecteur, si j'en ai fait un traité, tant pour le profit particulier d'un chacun que pour le bien aussi de la postérité, afin que par l'aspect d'un miracle, entrant en nous-mêmes, nous admirions la puissance de Dieu en ses œuvres, et afin que la postérité, en le lisant, apprenne à le craindre et révérer. Je t'avertis cependant que ce ne sont pas choses ouïes d'autres ni entendues, et desquelles on puisse avoir quelque doute, mais vues et pieusement contemplées par celui qui te les décrit, et qui en a, grâce à Dieu, au mieux qu'il lui a été possible, évité la furie.

L'an donc 1579, le mercredi huitième jour du mois d'avril, sur les dix à onze heures avant minuit, le temps étant assez trouble et adonné à la

---

1. À côté de. Le faubourg St-Marcel, comme son nom l'indique, est hors des limites de la ville, en 1579.
2. Pluie torrentielle.

pluie, la rivière de Gentilly ayant débordé les faubourgs de Saint-Marcel, lès Paris, rivière aussi violente que l'on ne saurait avoir jamais vu pour le présent, passant par ledit faubourg Saint-Marcel, alla se joindre à la rivière de Seine, qui déborda si subitement et avec tant d'impétuosité, non seulement en la prairie mais même aussi par une grande partie du faubourg, qu'il n'y a mémoire d'homme qui se puisse souvenir de semblable. J'accorderai bien qu'on l'a vu déborder, s'enfler par les pluies ou les neiges fondues, et faire quelque dommage au pays, mais non si violemment et avec une telle vitesse. Je laisse donc à penser quelle frayeur et épouvante a donné cette violence et ce ravage à ceux qui en ont été surpris, quelle compassion et crainte aux spectateurs et contemplateurs ! Toute personne de bon jugement, par le récit de ce qui s'ensuit, n'en jugera guère moins. Même les dames d'une abbaye située audit faubourg Saint-Marcel, nommées les Cordelières, ont fait rapport qu'en cette nuit elles se sont trouvées oppressées des eaux en faisant le divin service, comme elles ont coutume de faire toutes les nuits à l'heure de minuit. Se voyant oppressées, elles ont sonné les cloches l'espace de trois heures durant, pour et à cette fin que le peuple des faubourgs vînt au secours pour faire passage à[1] la grande abondance d'eau qui les oppressait ; et voyant qu'il n'y avait d'autre secours que la miséricorde de Dieu, elles ont fait procession par trois fois, portant la vraie croix qu'elles ont dans leur église, avec un chapelet de saint Claude, et ont plongé ces reliques précieuses par trois fois dans ladite eau. Et incontinent[2], elle s'est retirée de leur église.

Chacun librement travaillait en toute sûreté et sans crainte dans sa maison selon son état et sa vacation : qui eût pensé au moindre des maux qui y sont advenus, et qui n'eût jugé devoir advenir plutôt une ruine, que de voir ce qui s'y est fait ! Qui eût espéré aussi de voir les mai-

---

1. Évacuer.
2. Immédiatement.

sons assiégées par les eaux, puis se répandre par ledit faubourg d'une façon aussi piteuse[1] que merveilleuse[2]! Cependant, sur les onze heures (comme l'on dit), le pays plat a été tellement surpris par l'impétuosité de l'eau qui de toutes parts s'écoulait, qu'il n'y eut personne qui n'eut à grand peine le loisir de se sauver. Le peuple dudit faubourg, de tous côtés criant miséricorde, déplorant sa présente calamité, courant de çà de là et ne trouvant lieu sûr pour reprendre haleine, qui n'eût-il incité à pleurer et gémir? Le bétail périt dans l'eau, et ne sachant de quel côté tirer, à qui n'eût-il fait pitié? Plusieurs inondations d'eau sont advenues depuis la création du monde, mais il s'en trouvera peu de si pitoyables que celle-ci. Et voilà pourquoi quelques idiots et ignorants, non assurés de la promesse de Dieu, attendaient de voir advenir quelque second déluge et inondation d'eaux. Les autres aussi, s'estimant quelque peu plus sages, affirmaient que le bas dudit faubourg devait seul périr, pour je ne sais quelle occasion imaginée dans leur cerveau. Et afin que tu sois mieux informé de ce fait, je te ferai un bref récit de la situation dudit faubourg.

Pour revenir à notre propos, ladite rivière commençant à inonder le bas dudit faubourg, et voyant cette pitié, les cheveux se fussent dressés sur la tête. Les autres plus constants, évitant la furie de l'eau, se sauvaient de rue en rue, quittant leurs maisons, meubles et autres choses précieuses, les uns fort pauvrement, les autres aussi portant leurs enfants entre leurs bras, les uns vifs, les autres morts. Ô misère! ô calamité! ô temps fort déplorable! Voir plusieurs en grande langueur[3] et détresse et éloignés de toute aide et secours misérablement périr, de pauvres petits enfants dans leurs berceaux agités et poussés de çà de là, criant miséricorde! N'est-ce pas chose fort pitoyable et digne de mémoire à tout un

---

1. Navrante.
2. Incroyable.
3. Faiblesse.

chacun ? Si je puis bien assurer que ces Messieurs de la justice et de la ville ont pourvu si promptement à un tel désastre, qu'il ne pourra être dit qu'aucun ne mourut par leur négligence, ni de ceux qui y pouvaient subvenir. Car d'y avoir épargné choses qui furent en leur puissance, je ne connais personne qui s'en osât plaindre, mais qui ne dise les avoir vus en merveilleux devoir, soit à secourir de vivres ou quelques ustensiles les pauvres assiégés, soit à faire traîner bateaux et autres choses nécessaires, soit à inciter tout un chacun à s'y employer, à ce point qu'il n'y eut personne qui eût cheval ou aide convenable à cela qui ne l'employât, et qui ne s'exposât à tout danger et péril pour supporter les assiégés et les recueillir, les vieux aux jeunes, les riches aux pauvres, et le singulier et extrême devoir auquel chacun s'est montré donnera une preuve suffisante de l'humanité et de la bonne affection de tous les habitants.

Or Dieu nous fasse miséricorde et nous préserve à jamais d'un tel péril et danger !

Dans ledit faubourg, il y a en somme de vingt à vingt-cinq personnes, tant hommes que femmes, que petits enfants morts, et de blessés estimés de trente à quarante personnes. Ladite crue abattit douze maisons, plus le pont et le moulin aux Tripes. De plus, ladite crue a noyé plusieurs bêtes à cornes, pourceaux et autres bêtes. De plus, ladite crue a gâté plusieurs jardins et autres choses. Le total de la perte, dans ledit faubourg Saint-Marcel, est estimé à soixante mille écus.

Occasionnel, Paris, 1579.
Maurice Lever, *Canards sanglants, naissance du fait divers*,
Éditions Fayard, Paris, 1993.

2. LE DÉSASTRE DE LISBONNE (TREMBLEMENT DE TERRE, LE 1er NOVEMBRE 1755)

Texte 2

LISBONNE, SAMEDI 1er NOVEMBRE 1755 : LES TÉMOINS OCULAIRES

Monsieur,

Je n'ai point de couleurs assez fortes pour vous peindre le désastre dont presque tout le Portugal et la plupart de ses habitants ont été victimes. Imaginez-vous les quatre éléments ligués contre nous et se disputant entre eux notre ruine. Quelqu'affreux que puisse être ce tableau, il n'approchera jamais de la vérité. Mais, comme il faut vous en faire un détail, je vais tâcher de vous représenter cette catastrophe.

Le Premier de Novembre, le Mercure étant à 24 pouces 7 lignes, et le thermomètre de M. de Réaumur à 14 degrés au-dessus de la glace[1], le temps calme et le ciel très serein, vers les 9 heures 45 minutes du matin, la terre trembla mais si faiblement que tout le monde s'imagina que c'était quelque carrosse qui roulait avec vitesse. Ce premier tremblement dura deux minutes. Après un intervalle de deux autres minutes la terre trembla de nouveau, mais avec tant de violence que la plupart des maisons se fendirent et commencèrent à s'écrouler. Ce second tremblement dura à peu près dix minutes. La poussière était alors si grande que le soleil en était obscurci. Il y eut encore un intervalle de deux ou trois minutes. La poussière qui était extrêmement épaisse tomba et rendit au jour assez de clarté pour que l'on pût s'envisager et se reconnaître. Après

---

1. Le thermomètre de Réaumur comportait 80 degrés entre la température de la glace fondante et celle de l'eau bouillante. La température de 14 degrés Réaumur correspond donc à 17,5 degrés Celsius. [*Note de J.-P. Poirier*]

20 cela, il vint une secousse si horrible que les maisons qui avaient résisté jusqu'alors tombèrent avec fracas. Le ciel s'obscurcit de nouveau et la terre semblait vouloir rentrer dans le cahos. Les pleurs et les cris des vivans, les gémissemens et les plaintes des mourans, les secousses de la terre et l'obscurité augmentaient l'horreur et l'épouvante. Mais enfin,
25 après vingt minutes, tout se calma. On ne pensa alors qu'à fuir et qu'à chercher un asyle dans la Campagne. Mais notre malheur n'était pas encore à son comble. À peine commençait-on à respirer que le feu parut dans différens quartiers de la Ville. Le vent, qui était violent, l'excitait et ne permettait aucune espérance. Personne ne songeait à arrêter les pro-
30 grès de la flamme. On ne songeait qu'à sauver sa vie car les tremblemens de terre se succédaient toujours, faibles à la vérité, mais trop forts pour des gens environnés du trépas qui se présentait à leurs yeux sous mille formes différentes.

On aurait peut-être pu apporter quelque remède au feu, si la mer n'eût
35 menacé de submerger la ville. Du moins, le peuple effrayé se le persuada aisément, en voyant les flots entrer avec fureur dans des lieux fort éloignés de la mer, et où il semblait impossible qu'elle pût jamais parvenir.

Quelques personnes croyant trouver sur les eaux une espèce de sûreté s'y exposèrent; mais les vagues lançaient les vaisseaux, les barques et les
40 bateaux contre la terre, les écrasaient les uns contre les autres, et les retirant ensuite avec violence semblaient vouloir les engloutir avec les malheureux qu'ils portaient. Ce flux et reflux dura toute la journée et presque toute la nuit, se faisant sentir avec plus de force de cinq minutes en cinq minutes.

45 Pendant tous ces jours-ci, l'effroi n'a point cessé; car les secousses continuent toujours. Vendredi 7 de Novembre à 5 heures du matin il y a eu un tremblement si violent que nous avons cru que nos malheurs allaient recommencer; mais il n'a point eu de suites fâcheuses : son mouvement a été réglé et il semblait que c'était un vaisseau qui roulait.
50 Ce qui a causé de si grands dommages le jour du premier tremblement,

c'est que tous ces mouvemens étaient contraires les uns aux autres et si opposés que les murailles se séparaient avec la plus grande facilité.

J'ai remarqué que les plus fortes secousses sont toujours à la naissance de l'aurore. On assure que la mer a surpassé de 9 pieds le plus grand débordement dont on se souvienne en Portugal. On ne sçait pas encore au juste le nombre des morts de Lisbonne ; on conjecture[1] qu'il doit monter à 30 ou 40 mille personnes, parce que tous les Temples qui étaient remplis de peuple, ont été renversés et ont enseveli sous leurs ruines presque tous ceux qui y étaient allés faire leurs dévotions, ou qui s'y étaient réfugiés par crainte.

Je vis Dimanche matin 2 de Novembre, avec le plus grand étonnement le Tage, qui a dans des endroits plus de deux lieues de large, presqu'à sec du côté de la ville ; de l'autre côté, on voyait un faible ruisseau dont on découvrait le fond.

Presque tout le Portugal a éprouvé le fléau ; le royaume des Algarves, Santarem, Setuval, Porto, Alemquer, Mafra, dont la belle église est détruite, Obidos, Castanheira, enfin toutes les Villes à 20 lieues à la ronde ont été presque entièrement ruinées.

Voilà, Monsieur, le danger dont j'ai sauvé ma personne : car pour mes biens, soit en meubles, en bijoux, en argenterie, etc., tout est resté sous les pierres et les cendres de ma maison que le feu a totalement consumée. J'ai perdu ma bibliothèque qui était composée de trois mille volumes bien choisis, et tous mes ouvrages, qui étaient en assez grand nombre pour me faire une réputation dans la République des Lettres. Mais ce que je regrette le plus, outre 50 manuscrits très rares, c'est un ouvrage en forme de Lettres sur les mœurs, les coutumes, les usages, les préjugés, les études des Portugais, les manufactures, la police et le gouvernement du Portugal : c'était le fruit de six ans de travail et de réflexions ; plus, des Recherches historiques sur le Portugal, un Examen

---

1. Suppose.

critique des articles du *Dictionnaire* de Moreri qui regardent le Portugal, des Dissertations sur différens sujets, mes Observations astronomiques, une Dissertation sur l'atmosphère de la Lune, etc. Ce sont pourtant de faibles pertes en comparaison de cent mille écus que me coûte ce tragique événement.

Je vous écris au milieu de la Campagne, car il n'y a pas de maison habitable. Lisbonne est perdue et l'on ne pourra jamais la rebâtir dans l'endroit où elle était autrefois. Je crois que le Roi pense à faire une nouvelle Lisbonne dans le bourg de Belém où la Cour va passer tout l'Été et où le Roi a une Maison de Plaisance.

Je vous prie de me donner de vos nouvelles. Les maux que j'ai soufferts ne pourront jamais refroidir notre correspondance et je continuerai à travailler pour le *Journal* avec la même ardeur et le même zèle.

J'ai l'honneur d'être très parfaitement, Monsieur, Votre très humble et très obéissant Serviteur

PEDEGACHE
À Lisbonne, ce 11 Novembre 1755

> Miguel Tibério Pedegache Brandao Ivo,
> correspondant du *Journal étranger*, 11 novembre 1755.
> Rapporté par Jean-Paul Poirier, in *Le Tremblement
> de terre de Lisbonne*, © Odile Jacob, 2005.

Histoires vraies – Le fait divers dans la presse

3. LA CATASTROPHE DE LA MARTINIQUE (ÉRUPTION VOLCANIQUE, LE 8 MAI 1902)

Texte 3

Le 29 avril 1902, le *Pouyer Quertier* entrait à Fort-de-France après quarante jours de mer. À terre, j'appris d'un de mes amis que le volcan de la montagne Pelée vomissait de la cendre depuis quelques jours et que mon frère et trois autres curieux avaient été au sommet de la montagne Pelée assister au spectacle. Ils devaient être les derniers à « aller à l'Étang » comme on dit à la Martinique. Il faut savoir qu'un petit lac existait au sommet à 1 300 mètres d'altitude, au pied d'un mamelon de 50 mètres, point culminant de cette montagne Pelée. Ce mamelon s'appelait le morne[1] la Croix parce que les curés du Morne-Rouge avaient placé dans cet endroit difficilement accessible une grande croix qui dominait la Martinique.

[…]

Le dimanche 4 mai, je pus obtenir une autorisation de m'absenter et d'aller à Saint-Pierre. C'était la dernière fois que je devais embrasser les miens. Je ne pus fermer l'œil dans la nuit du 4 au 5, car la montagne grondait et dans la rue les curieux faisaient du bruit en allant voir les lueurs qui sortaient du gouffre.

Le lundi matin, la ville était recouverte d'une couche de 1 centimètre de cendre. Les maisons et les arbres étaient comme couverts d'une couche de neige. En somme, jusque-là, il n'y avait rien d'alarmant et je n'avais jamais pensé à laisser la ville tant les phénomènes étaient bénins[2].

[…]

---

1. Mot créole, désigne une petite montagne arrondie au milieu d'une plaine.
2. Anodins, sans danger.

Le *Pouyer Quertier*, après avoir complété ses approvisionnements, leva l'ancre le 7 mai, à 6 h du matin. Deux heures après il était sur les lieux des travaux. Nous n'étions pas bien à notre aise ce jour-là. La côte était invisible, cachée à nos yeux par une épaisse couche de cendre qui pénétrait partout, suffoquait tout le monde et nous empêchait de fixer attentivement un point quelconque de l'horizon. Nous nous tenions à peu près à 8 milles de la côte, attendant le moment propice pour poser une bouée-marque qui devait nous servir de point de repère pour limiter les dragues. Pendant toute cette journée, la montagne mugit. À bord, ces grondements étaient pris, par ceux qui les entendaient pour la première fois, pour de l'orage ordinaire. Mais trois jours avant, je les avais entendus de près, chez mon frère ; pour moi, sans aucun doute, ces grondements venaient de la Montagne ; c'était de l'orage volcanique.

[...]

8 mai, les grondements de la montagne sont effrayants et la masse de poussière nous gêne, nous aveugle et nous fait tousser. Après deux heures d'attente, le commandant déclare ne pas pouvoir continuer à travailler dans des endroits où l'on ne voit pas à 2 mètres devant soi et où l'on court le risque de se faire couper par un autre navire.

Il est 7 h 30. La visite médicale vient de se terminer. Je remonte sur le pont et trouve tout le monde en émoi. Quelque chose est dans l'air. Brusquement l'ingénieur Gégou attire notre attention sur deux éclairs comparables à des étincelles électriques, éclairs gigantesques, très longs, qui sillonnaient l'atmosphère, se dirigeant du sommet de la montagne vers la baie de Saint-Pierre.

Nos regards sondent la masse sombre. Vers l'est nous voyons un feu. Je dis à mes amis : « On devient prévoyant chez moi, voyez, on a laissé le phare allumé. » Je cours dans ma cabine, je vais prendre mes jumelles. Trente secondes après, je suis de retour sur le pont et je cherche le feu en question. Mais au lieu d'un seul je vois toute la côte illuminée. Le

flanc de la montagne est rouge, comme en fusion. Quelque chose me
serre les tempes et la gorge; il n'y avait plus à hésiter: la ville de Saint-Pierre brûlait.

[…]

Pendant trois minutes le brasier fut visible, puis un rideau épais de cendres s'abaissa et nous fûmes dans le noir absolu et obligés de ralentir la marche du navire. En regardant vers le large, on pouvait distinguer ce qui flottait à quelques encablures. Brusquement le commandant fit manœuvrer les machines de façon à regagner le large. Un danger était imminent et j'entendis ces seuls mots: «Je me croyais plus loin de la terre.» En effet, en regardant par bâbord avant, on voyait un bouillonnement comparable au remous produit par la mer déferlant sur une tête de rocher. Et la ligne de remous augmentait et entourait bientôt le *Pouyer Quertier* de trois quarts de circonférence. Des bandes de marsouins effrayés nous précédaient déjà dans notre fuite. Un quart d'heure après nous étions hors de danger et le commandant ne voulut plus exposer le navire et la vie des 70 hommes qui sont à bord. Mieux valait rentrer à Fort-de-France.

À 2 h nous jetions l'ancre. Depuis 10 h 30 la nouvelle était répandue que Saint-Pierre était en feu. Nous racontons ce que nous avons vu et on attend des renseignements plus précis avant de prendre une décision. On compte sur ceux qui ont pu s'échapper au moment de la catastrophe et qui ne tarderont pas à arriver en nombre à Fort-de-France. Mais hélas, personne ne devait arriver. Des courriers, des marcheurs, des militaires sont envoyés dans la direction de Saint-Pierre, mais sont obligés de rebrousser chemin quand ils arrivent à une certaine distance de la ville. Une femme vient sur la route de Case-Navire. On l'entoure, on la questionne, elle ne répond à aucune question et veut embrasser tout le monde. Elle pleure et ne répète que ces mots: «C'était vers 8 h.» Elle a perdu la raison.

[…]

85 20 mai, la nuit du 19 au 20 a été tranquille et rien ne s'est manifesté d'anormal dans la direction de la montagne. Vers 6 h du matin, le deuxième capitaine étant de quart, une fumée épaisse d'un noir de suie s'est échappée du cratère et en un rien de temps s'est abattue sur le navire. Cela a été si brusque que le deuxième capitaine dut faire préve-
90 nir le commandant afin de s'éloigner de cet endroit dangereux. Et nous étions à 7 milles de la côte!

Journée brumeuse. La mer est semée d'épaves. Il y en a autant que le 8 mai. Des troncs d'arbres gigantesques flottent, entraînés par le courant. Les uns sont comme coupés à la scie, les extrémités des autres sont
95 mâchées, effilochées, réduites à l'état de pinceau. Nous travaillons dans une région pleine de tristesse et de désolation.

Et nous draguons toujours!

[...]

30 mai, j'obtiens de M. Porry, directeur des fouilles, l'autorisation
100 d'aller à Saint-Pierre voir ce qui reste de ma maison. M. Cappa, chargé de l'incinération des cadavres, m'accorde un passage à bord de la *Phollade* qui le conduit tous les jours à Saint-Pierre avec ses hommes.

On arrive à Saint-Pierre et le bateau s'arrête près de la Grosse Roche. C'est là qu'on peut débarquer. Le ciel est pur et le volcan ne vomit
105 presque pas de cendre. On voit bien autour de soi. Je désire aller au plus tôt au centre, chez moi. Mais les rues sont obstruées par les amoncellements de poutres encore fumantes, de pierres et de boue. M. Cappa me conseille de le suivre. On côtoye le rivage jusqu'à la Roxelane, puis on suit le cours de cette rivière et la route est maintenant libre. Le quartier
110 du centre a totalement disparu. On ne voit pas une seule poutre. C'est une plaine de boue – sans aucune aspérité du sol. J'estime à 1,5 mètre l'épaisseur de la couche de boue répandue sur le sol et recouvrant tout. Je vois deux corps ronds, deux boulets qui sont sur le sol à quelque distance l'un de l'autre. Ils représentent tout ce qui reste de la belle caserne
115 d'infanterie de marine. C'est l'entrée de cette caserne. Les canons qui

supportent ces boulets sont enfouis dans la couche de boue ; c'est pour cette raison que j'estimais il y a un moment l'épaisseur de cette couche à 1,5 mètre. J'arrive chez moi en m'orientant. Il ne reste plus de ma maison qu'un pan de mur dépassant le sol de 25 centimètres. Je m'assieds
120 sur cette muraille. Tous mes parents sont enfouis sous cette terre que je foule.

[…]

31 mai, le deuxième mécanicien du bord me propose de l'accompagner à Saint-Pierre. Je ne demande pas mieux car je ne suis pas satisfait
125 de ma dernière promenade, obligé que j'étais de suivre la Commission. Nous faisons des provisions de vivres et M. Tréneule et moi laissons Fort-de-France à 4 h du soir. Nous arrivons au Carbet dans la nuit et nous couchons chez un habitant, le seul qui existe dans la commune. D'ailleurs il ne nous aurait pas été difficile de trouver un logement, les
130 maisons ayant été abandonnées depuis le raz-de-marée du 20 et les gens réfugiés à Fort-de-France.

[…]

Il existait une grande allée de 100 mètres de longueur à peu près qui conduisait à la maison principale et à ses dépendances. Des arbres sécu-
135 laires étaient plantés de chaque côté. Tous ont été renversés dans le même sens, c'est-à-dire de Saint-Pierre vers Fort-de-France, du nord au sud. Les racines de ces arbres ont été arrachées et tiennent encore aux troncs mais le feu les a brûlées en partie ainsi que les feuilles et le sol est propre. Les petites branches ont été calcinées et on peut circuler sans
140 crainte de se blesser entre ces gros arbres.

Cette allée que nous allons suivre est en remblai ; le mur de soutènement a été arraché et culbuté dans le même sens que les arbres. Quelle est donc cette force prodigieuse qui a produit ces effets ?

Nous commençons à percevoir l'odeur de matière organique en
145 putréfaction. Nous sommes près des maisons. Dans le premier emplacement nous trouvons 25 ou 30 cadavres ou restes de cadavres. Les

chairs ne tiennent plus aux os. Quelques ossements ont été calcinés. Nous visitons les appentis ou pavillons de la maison principale et dans tous nous trouvons des squelettes sur le sol. Nous arrivons dans une cuisine. Le bâtiment était en contrefort de la colline. Les restes d'une femme gisent à terre. La cafetière est encore sur le réchaud et rien n'a bougé : le toit seul de la maison est parti.

Nous laissons ce cimetière et nous continuons notre chemin. Dans un quart d'heure nous serons à Saint-Pierre. Des restes de cadavres puants sillonnent la route. Il y en a beaucoup.

Nous traversons la route qui longe la batterie Sainte-Marthe et nous sommes en ville. Les dernières pluies ont lavé le sol et plusieurs cadavres en putréfaction que je n'avais pas vus il y a trois jours sont maintenant exposés au soleil. Ils sont sous les décombres et je remarque qu'ils n'ont pas subi les atteintes du feu. Je fais suivre à mon camarade la route que j'ai faite avant-hier et je revois ces lieux avec autant de tristesse que la première fois. Mais je suis content. Le hasard me ramènera-t-il jamais à la Martinique ? Je prends encore des vues photographiques. Chez moi, j'ai essayé de ramasser un souvenir quelconque : un caillou m'aurait fait plaisir, mais je ne trouve rien. La boue volcanique recouvre tout !

Nous nous sommes promenés un peu partout et à 11 h nous avons pris le chemin du retour, l'âme bien triste.

Témoignage du Dr Émile Berté pour *La Géographie*,
bulletin de la Société de géographie, 1902. Présenté par Charles Daney,
directeur de la collection *Les Archives de la Société de géographie*,
et préfacé par Philippe Ariès, historien, Herscher, 1981.

Histoires vraies – Le fait divers dans la presse

4. TSUNAMI ET SÉISME EN ASIE
(26 DÉCEMBRE 2004)

Texte 4

IDENTIFICATION DES CORPS : MISSION IMPOSSIBLE

Tsunami et séisme en Asie

Des bûchers à feu continu en Inde où une administration méthodique tient le registre des morts. Des fosses communes creusées au bulldozer en Thaïlande où le recensement de la population n'était pas à jour à la veille du tsunami. Une touffeur tropicale qui efface visages et empreintes digitales sans égards de nationalité. Des murs de photos scrutés par des survivants hagards et même par des parents en détresse venus d'au-delà des mers. Des listes consulaires, des listings d'hôtels, des sites Internet, des SMS, des photos encore, des noms toujours et aussi une équipe de gendarmes français spécialistes de l'identification à peine arrivés en Thaïlande et déjà écrasés par l'immensité du désastre et le chaos des corps. Dans cette course contre le temps naturel de la décomposition, identifier les victimes va devenir mission impossible. D'autant que la vie s'accommode mal de la proximité des cadavres.

Même les morts confirmés le sont plus ou moins approximativement en fonction de la qualité des administrations concernées. Les 11 736 décès enregistrés en Inde, par exemple, sont le fruit d'un décompte méticuleux. Il s'accompagne d'un dossier aussi complet que possible comportant au moins une photo du corps et deux critères d'identification voire l'état civil détaillé de la victime décrite aux survivants en attente de certificats de décès. De son côté, le pauvre Sri Lanka, mal remis de sa rébellion tamoule, s'efforce lui aussi de respecter peu ou prou une méthode similaire. Mais derrière les 28 475 morts officiellement recensés une bataille des chiffres oppose son gouvernement à son Centre national de gestion des catastrophes. Et là comme en d'autres terres musulmanes de la région, de nombreux villageois ont enterré les morts dans les premières vingt-quatre heures, conformément aux règles de l'islam.

Absence de chambres froides pour conserver les corps

Outre la guerre civile qui n'a pas connu de cesse avec le cataclysme, l'Indonésie est complètement débordée par l'ampleur de la catastrophe et l'éparpillement de ses 13 000 îles. Les autorités de l'archipel en sont réduites à fournir des extrapolations pour confirmer 79 940 morts. Aujourd'hui, elles opèrent par multiplication en se fondant sur une estimation de 400 corps par fosse commune. Elles avaient commencé par chiffrer les pertes humaines en termes de villages rayés de la carte, soustrayant ensuite les rescapés des populations considérées comme éteintes. Plus tard, elles ont «compté les corps lors de l'évacuation, mais ensuite, quand on a découvert qu'il y en avait tellement d'autres, c'est devenu confus», explique un volontaire de la Croix-Rouge indonésienne. Au final, l'absence «de chambres froides pour conserver ces corps», l'odeur insoutenable et «un risque sanitaire majeur» ont conduit mercredi le gouverneur de la province d'Aceh à faire venir les bulldozers pour enfouir des centaines de cadavres dans des fosses communes sans la moindre investigation ou photo préalable.

Outre cette avalanche de corps martyrisés par les tsunamis dont il sera difficile de savoir combien ils étaient et qui ils étaient, l'Asie du Sud-Est compte d'innombrables disparus. Des dizaines de milliers peut-être en Indonésie, des milliers dans les îles indiennes, ils sont évalués à 5 000 au Sri Lanka et à 6 479 en Thaïlande où 4 541 morts ont été recensés. Dans ce dernier pays qui abrite la station balnéaire de Khao Lack, 2 000 touristes au moins ont trouvé la mort. Et même lorsque

Histoires vraies – Le fait divers dans la presse

leurs corps ont été dûment comptés, leur identification reste hypothéquée[1], même si les capacités financières et techniques de leurs États d'origine permettent d'exploiter leurs éventuelles traces consulaires et hôtelières. Confrontées à des urgences herculéennes, les administrations asiatiques, elles, ont d'autres priorités.

Avec la décomposition, seuls l'ADN et les empreintes dentaires peuvent servir

Asiatiques ou occidentales, toutes les familles frappées souhaitent bien évidemment retrouver les corps de leurs proches, pour en faire le deuil, leur donner une sépulture décente mais aussi pour obtenir les certificats de décès indispensables aux formalités de la vie qui finira par reprendre. Certains continuent de fouiller dans les décombres. Ailleurs, dans de nombreuses bourgades côtières, il n'y a plus assez de vivants pour reconnaître tous les morts. Dans les temples bouddhistes de la province thaïlandaise de Phang Nga, par exemple, des corps de Thaïlandais et de touristes occidentaux gisent côte à côte. Un médecin légiste thaïlandais prélève des mèches de cheveux pour recueillir des échantillons d'ADN. « Un groupe de sept experts légistes autrichiens a commencé à aider », explique-t-il, en soulignant qu'avec la décomposition, seuls l'ADN et les empreintes dentaires peuvent servir à identifier les corps.

Avant de songer à rapatrier les éventuels restes humains, il faudra tout informatiser et croiser les données – photos parfois illisibles, rares documents, radios dentaires, empreintes génétiques – avec celles que fourniront les parents de victimes originaires de dizaines de pays. Un travail de Bénédictin[2]. Pour faciliter l'identification de leurs ressortissants, les gouvernements occidentaux demandent que les corps des ressortissants étrangers – en majorité des vacanciers – soient rassemblés sur des sites

---

1. Incertaine.
2. Religieux de l'ordre saint Benoît, spécialisé dans des travaux de recherche historique nécessitant une grande patience. Par analogie, *travail de bénédictin* signifie « travail minutieux ».

séparés. Les autorités thaïlandaises ont promis de ne pas incinérer les cadavres d'étrangers. Mais pour ceux qui ramassent les corps, la tâche est de plus en plus éprouvante. Difficile de ne pas fermer les yeux.

L'iceberg des disparus

Concernant les touristes, les morts confirmés sont ceux dont on a retrouvé les corps sans pour autant les avoir tous complètement identifiés. Quant aux «disparus», ils se subdivisent en morts probables, lorsqu'un témoin les a vus sur les lieux du cataclysme, et en «sans nouvelles» lorsque nul n'est sûr de l'endroit exact où ils se trouvaient au moment de la catastrophe. Les listings des compagnies de tourisme permettent de valider une hypothèse plutôt qu'une autre. Mais certains vacanciers étaient partis seuls, sur des «vols secs»[1]. Dans ces conditions, l'iceberg des disparus et des sans nouvelles ne fondra pas de sitôt.

L'un des pays les plus touchés, la Suède, compte 44 morts en Thaïlande mais 3500 touristes suédois manquent à l'appel. Selon son Premier ministre, le bilan définitif des morts menace de s'élever «à des centaines de victimes et dans le pire des cas il dépassera le millier». L'Allemagne aussi recherche un millier de ses ressortissants en Asie après avoir identifié 26 corps en Thaïlande et 7 au Sri Lanka. Le ministère autrichien des Affaires étrangères se déclare pour sa part «sans nouvelles de 1250 Autrichiens», la Norvège (21 morts) déclare 462 disparus, le Danemark (7 morts) 419 disparus, la Finlande (4 morts) 263 disparus, la Grande-Bretagne (29 morts) des centaines de disparus. La Belgique recherche plusieurs dizaines de ressortissants. Moscou est sans nouvelles de 80 Russes en Thaïlande, Berne recherche 850 Suisses dont 380 en Thaïlande. Outre 10 morts en Thaïlande et au Sri Lanka, l'Australie

---

[1]. Prestations des agences de voyages ne comprenant que les billets d'avion, sans hébergement ni location de véhicule.

compte 41 disparus et reste sans nouvelles de 1 250 ressortissants, près de 400 manquent à l'appel de Hong Kong et 720 en Nouvelle-Zélande.

À Paris, le ministère des Affaires étrangères établit le décompte des victimes françaises à «21 morts dont 20 en Thaïlande et 1 au Sri Lanka, 92 disparus (c'est-à-dire des personnes que leurs proches ont vues disparaître, mais dont les corps n'ont pas été retrouvés), 242 blessés et plusieurs centaines de personnes dont nous sommes sans nouvelles». Toutefois, selon le secrétaire d'État aux Affaires étrangères, Renaud Muselier, si la France reste sans nouvelles de 530 personnes, le bilan des morts pourrait «se situer entre 150 et 250 morts». Au total, la litanie des disparus fait le tour du monde pour un deuil planétaire difficile à faire en l'absence des corps.

Le Premier ministre thaïlandais explique aujourd'hui que 80 % des 6 130 disparus recensés dans son pays doivent être tenus pour morts. Le ministre des Affaires étrangères allemand, Joschka Fischer préfère lui aussi préparer l'opinion. Tous les corps ne pourront sans doute pas être rapatriés, faute d'être identifiés ou rendus par la mer, explique-t-il. Mais l'Europe se raccroche à l'espoir que des touristes rentrés par leurs propres moyens ne se sont pas manifestés. L'Allemagne ou la France multiplient donc les appels à témoins pour les recenser. Dans l'Asie pressée d'effacer les meurtrissures infligées par les tsunamis, une dizaine d'équipes européennes spécialisées dans l'identification se battent contre l'horloge de la mort pour rapporter une trace à ceux qui pleurent les gisants du rivage. De leur côté, consulats et ambassades tentent de rendre des noms à la multitude engloutie par l'océan Indien. Les secrets des abysses[1] seront longs à percer. L'attente ne fait que commencer.

Monique Mas, *RFI Actualité* (web), 31 décembre 2004.

---

1. Fosses sous-marines des grandes profondeurs.

DELVGE ET
INNVNDATION D'EAVX
FORT EFFROYABLE, ADVE-
nu és faulxbourgs S. Marcel, à
Paris, la nuict precedente
Ieudy dernier, neufiéme
Apuril, an present
1579.

*Avec une particuliere declaration des submerge-
mens & ravages faits par lesdites eaux.*

A LYON,
Par Benoist Rigaud.
M. D. LXXIX.
AVEC PERMISSION.

Un occasionnel de 1579.

III. Catastrophes épouvantables

Si les cataclysmes montrent l'impuissance de l'homme à maîtriser une nature déchaînée, les accidents catastrophiques mettent en évidence son incapacité à en contrôler les éléments, même domestiqués.

Aucune tempête n'a fait s'échouer la frégate *La Méduse*, ni fait dériver le radeau des naufragés au large de Saint-Louis du Sénégal (2-17 juillet 1816). L'orage sur le fleuve Casamance n'est pas cause du naufrage du ferry *Le Joola*, entraînant la mort de ses 1 500 passagers (26 septembre 2002). Aucun séisme dans le Massif central n'a provoqué la mort, le 11 juillet 1889, des mineurs de Verpilleux (près de Saint-Étienne). Nul soulèvement des Pyrénées n'a déclenché l'explosion, le 21 septembre 2001, de l'usine AZF à Toulouse. Peu d'incendies urbains sont provoqués par la foudre. Alors «à qui la faute?» Leitmotiv implicite ou explicite des journaux lorsqu'ils relatent ces accidents.

Le naufrage est le plus marquant d'entre tous parce qu'il est souvent associé à l'exotisme de pays lointains; il est propice aux actions héroïques d'aventuriers de tous âges et a même donné lieu à un genre littéraire : les «robinsonnades», néologisme créé à partir de *Robinson Crusoé*, le rescapé du naufrage le plus célèbre de la littérature[1].

La relation de celui de *La Méduse* par Corréard et Savigny (édition de 1817) eut un tel impact que Géricault renonça à illustrer un fait divers criminel célèbre pour se consacrer à celui-ci ; l'édition de 1821 parut avec une série de ses dessins illustrant les épisodes les plus dramatiques mais il choisit de fixer le moment de la délivrance sur la toile, aujourd'hui accrochée au Louvre : *Le Radeau de La Méduse*.

Le naufrage le plus connu est celui du *Titanic* (14 avril 1912) surtout depuis le succès du film de James Cameron (1997). Il fit 1 500 morts. Le naufrage du ferry *Le Joola* (26 septembre 2002) en fit autant. Comment ? Pourquoi ?[2] « Cumul de fautes », « négligence coupable », lit-on dans les commentaires ; comme à Toulouse, où la « négligence a fait exploser l'usine ».

À qui la faute ? Qui est responsable de négligence ? Pourquoi ces incendies à répétition ? « L'insalubrité », comme à Paris (en 2005) et Roubaix (en 2006) ? Les enquêtes sont en cours et les journaux s'en font l'écho dans des articles qui ne se contentent plus de relater les faits et de comptabiliser les victimes mais proposent des analyses politiques.

---

1. *Robinson Crusoé* (1719), roman de Daniel Defoe, inspiré par l'aventure du marin écossais Alexander Selkirk, non pas naufragé mais débarqué sur une île par son capitaine avec lequel il était en conflit.
2. Dans *Le Sénégal entre deux naufrages – Le Joola et l'alternance* (L'Harmattan, 2003), Almany Mamadou Wane propose une analyse politique de la catastrophe, vue comme métaphore de l'avenir du pays. L'auteur a gagné le procès en diffamation que lui avait intenté le ministre de la Justice, Cheik Tidiane Sy (décembre 2006).

Histoires vraies – Le fait divers dans la presse

1. NAUFRAGES (*LA MÉDUSE* EN JUILLET 1816, *LE JOOLA* LE 26 SEPTEMBRE 2002)

Texte 1

L'échouement eut lieu le 2 juillet, à trois heures et un quart de l'après-midi, par les 19° 36' de latitude *nord*, et par les 10° 45' de longitude *ouest*.

[...]

Le [...] 5, à la pointe du jour, il y avait 2 mètres 70 centimètres d'eau dans la cale, et les pompes ne pouvaient plus franchir : il fut décidé qu'il fallait évacuer le plus promptement possible. On ajoutait que *La Méduse* menaçait de chavirer ; la crainte était puérile sans doute : mais ce qui commandait plus impérieusement l'abandon, c'est que l'eau avait déjà pénétré jusque dans l'entrepont. On retira à la hâte du biscuit des soutes ; du vin et de l'eau douce furent également préparés. Ces provisions étaient destinées à être déposées dans les canots et sur le radeau. Pour préserver le biscuit du contact de l'eau salée, on le mit dans des barriques dont les douves, exactement jointes et affermies encore par des cercles de fer, répondaient parfaitement au but qu'on se proposait.

[...]

Le moment arriva enfin d'abandonner la frégate. On fit d'abord descendre sur le radeau les militaires, qui presque tous y furent placés. Ils voulaient emporter leurs fusils et des cartouches ; on s'y opposa d'une manière formelle ; ils les laissèrent donc sur le pont et ne conservèrent que leurs sabres ; quelques-uns cependant sauvèrent des carabines, et presque tous les officiers des fusils de chasse et des pistolets.

[...]

Le 5, vers les sept heures du matin, on fait d'abord embarquer tous les soldats sur le radeau, qui n'était pas entièrement achevé ; ces malheureux, entassés sur des morceaux de bois, ont de l'eau jusqu'à la ceinture.

Les dames Schmaltz s'embarquent dans leur canot, ainsi que M. Schmaltz.

Le désordre se met dans l'embarquement : tout le monde se précipite. Je recommande de ne point se hâter, et d'attendre patiemment son tour. J'en donne l'exemple, et j'en fus presque la victime. Toutes les embarcations, emportées par le courant, s'éloignent et entraînent le radeau. Nous restons encore une soixantaine d'hommes à bord. Quelques matelots, croyant qu'on les abandonne, chargent des fusils, veulent tirer sur les embarcations, et principalement sur le canot du commandant qui était déjà embarqué. J'eus toutes les peines du monde à les en empêcher : il fallut toutes mes forces et tout mon raisonnement. Je parvins à me saisir de quelques fusils chargés et à les jeter à la mer.

En me préparant à quitter la frégate, je m'étais contenté d'un petit paquet de ce qui m'était indispensable ; tout le reste était déjà pillé. J'avais partagé avec un camarade 800 livres en or, que j'avais encore en ma possession, et bien m'en arriva par la suite. Ce camarade était entré dans l'un des canots.

[…]

À peine fûmes-nous au nombre de cinquante sur le radeau, que ce poids le mit au-dessous de l'eau au moins à soixante-dix centimètres, et que, pour faciliter l'embarquement des autres militaires, on fut obligé de jeter à la mer tous les quarts de farine qui, soulevés par la vague, commençaient à flotter et étaient poussés avec violence contre les hommes qui se trouvaient à leur poste. S'ils eussent été fixés, peut-être en aurait-on conservé quelques-uns ; le vin et l'eau le furent seuls, parce que plusieurs personnes se réunirent pour leur conservation, et mirent tous leurs soins à empêcher qu'ils ne fussent aussi envoyés à la mer comme les quarts de farine. Le radeau, allégé par le poids en moins de ces barils, put alors recevoir d'autres hommes : nous nous trouvâmes enfin cent cin-

Histoires vraies – Le fait divers dans la presse

quante-deux. La machine s'enfonça au moins d'un mètre. Nous étions tellement serrés les uns contre les autres, qu'il était impossible de faire un seul pas : sur l'avant et l'arrière on avait de l'eau jusqu'à la ceinture. Au moment où nous débordions de la frégate, on nous envoya du bord vingt-cinq livres de biscuit dans un sac qui tomba à la mer. Nous l'en retirâmes avec peine ; il ne formait plus qu'une pâte. Nous le conservâmes cependant dans cet état. Quelques-uns de nous, comme on l'a dit plus haut, avaient eu la sage précaution de fixer les pièces à eau et à vin aux traverses[1] du radeau, et nous y veillâmes avec une sévère exactitude. Voilà exactement quelle était notre installation, lorsque nous prîmes le large.

Une fois au large, canots et chaloupe abandonnent le radeau qui dérive pendant treize jours au cours desquels se succèdent révoltes, massacres, actes de barbarie et cannibalisme. Le 16 juillet apparaissent des papillons, signe d'un rivage proche ; le 17 apparaît une voile qui disparaît puis finalement revient. C'est le brick Argus, *parti à la recherche des 147 naufragés du radeau. Ils ne sont plus que 15.*

Qu'on se figure quinze infortunés presque nus, le corps et la figure flétris de coups de soleil. Dix des quinze pouvaient à peine se mouvoir ; nos membres étaient dépourvus d'épiderme ; une profonde altération était peinte dans tous nos traits ; nos yeux caves[2] et presque farouches, nos longues barbes nous donnaient encore un air plus hideux ; nous n'étions que les ombres de nous-mêmes. Nous trouvâmes à bord du brick de fort bon bouillon qu'on avait préparé, dès qu'on nous eut aperçus ; on releva ainsi nos forces prêtes à s'éteindre ; on nous prodigua les soins les plus généreux et les plus attentifs ; nos blessures furent pansées, et le lendemain, plusieurs des plus malades commencèrent à se soulever ; cependant

---

1. Pièces de bois transversales auxquelles sont fixées les barres de bois constituant le radeau.
2. Creux.

quelques-uns eurent beaucoup à souffrir, car ils furent mis dans l'entrepont du brick[1] très près de la cuisine, qui augmentait encore la chaleur presque insupportable dans ces contrées : le défaut de place dans un petit navire fut cause de cet inconvénient. Le nombre des naufragés était à la vérité trop considérable. Ceux qui n'appartenaient pas à la marine furent couchés sur des câbles, enveloppés dans quelques pavillons et placés sous le feu de la cuisine, ce qui les exposa à périr dans le courant de la nuit par l'effet d'un incendie qui se manifesta dans l'entrepont, vers les dix heures du soir, et qui faillit à réduire le navire en cendres. Mais des secours furent apportés à temps, et nous fûmes sauvés pour la seconde fois. À peine échappés, quelques-uns de nous éprouvèrent encore des accès de délire. Un officier de troupes de terre voulait se jeter à la mer pour aller chercher son portefeuille ; il eût exécuté ce dessein si on ne l'eût retenu ; d'autres eurent aussi des accès non moins violents.

[...]

Notre rencontre fit décider de se diriger de nouveau sur le Sénégal, et le lendemain nous vîmes cette terre que pendant treize jours nous avions si ardemment désirée. Nous mouillâmes le soir sous la côte, et au matin, favorisés par les vents, nous fîmes route pour la rade de Saint-Louis, où nous jetâmes l'ancre le 19 juillet à deux ou trois heures d'après-midi.

Telle est l'histoire fidèle de ce qui se passa sur le mémorable radeau.
[...]

> Témoignage de Jean-Baptiste Savigny et Alexandre Corréard, paru dans *Le Moniteur universel* des 23 juillet 1815, 8, 10 et 14 septembre 1816, 21 novembre 1817, édité par les auteurs (rescapés) en 1817, réédité en 1818, 1819, 1820 et 1821 (avec des illustrations de Géricault). Édition de 1821 préfacée par Alain Jaubert, accessible chez Gallimard, « Folio », 2005.

---

1. Voilier à deux mâts portant des voiles carrées : les brigantines.

Histoires vraies – Le fait divers dans la presse

Texte 2

SÉNÉGAL – AU MOINS SIX CENTS MORTS DANS LE NAUFRAGE DU FERRY *JOOLA*

L'espoir s'amenuisait samedi de retrouver d'autres survivants après le naufrage du *Joola*. Seulement une soixantaine des huit cents passagers du bateau ont réchappé de cette catastrophe due, selon le chef de l'État sénégalais, à un «cumul de fautes».

Sept cent quatre-vingt-seize personnes se trouvaient à bord du navire selon un dernier décompte. Les disparus sont principalement sénégalais, mais des étrangers, notamment des Français, des Espagnols, des Bissau-Guinéens, des Gambiens, se trouvaient aussi à bord. Samedi après-midi, le président est sorti de sa résidence pour s'adresser à plusieurs centaines de personnes en colère, venues lui demander des explications sur cette tragédie, attribuée à la tempête mais immédiatement entourée d'une polémique grandissante. «Ma conviction est qu'il y a eu un cumul de fautes», a déclaré M. Wade. Il a évoqué en particulier la surcharge du navire, à bord duquel avaient embarqué «des gens sans billet». Le bateau avait «un tirant d'eau trop faible», il était «trop haut, trop lent», a encore estimé le président.

«La responsabilité de l'État est évidente», a-t-il admis, en promettant que les familles seraient indemnisées et que les dépouilles de leurs proches leur seraient rendues dès qu'elles auraient été identifiées.

Depuis l'annonce de la tragédie, vendredi, des centaines de parents, d'amis, attendent avec angoisse des informations, espérant que leurs proches figureraient parmi les rescapés. Un premier groupe de vingt survivants, dont plusieurs étrangers (un Français notamment), était arrivé vendredi à Banjul, d'où la plupart ont été amenés samedi à Dakar par un avion de l'armée sénégalaise. Une trentaine d'autres rescapés étaient ensuite arrivés à Dakar dans la nuit de vendredi à samedi, à bord de chalutiers qui avaient pu intervenir les premiers sur le lieu du naufrage. Mais au fil des heures, les bateaux semblaient ne plus avoir que des cadavres à ramener.

Selon le président Wade, le navire, qui n'avait pas complètement coulé, a été «retourné» par les équipes de secours, et des plongeurs ont trouvé des corps à l'intérieur. «Cent cinquante», a-t-il précisé. Mais certaines sources sur place faisaient état d'un chiffre, non confirmé, bien supérieur à celui annoncé..

Selon des rescapés interrogés par la presse, le bateau a sombré en quelques minutes. «Il y a eu un gros coup de vent, des bourrasques. Le bateau s'est incliné, l'eau a monté, très vite il a coulé», a raconté samedi Pierre Coly, jeune rescapé sénégalais.

Samedi, la presse privée avait ouvertement dénoncé une «coupable négligence» et une «démagogie criminelle». Le quotidien privé Walfadjri, par exemple, énumérait les «insuffisances techniques et négligences qui ont précipité *Le Joola* et ses passagers au fond de l'eau» : «tirant d'eau trop court... surcharge... moteurs d'inégale force»...

Un rescapé : « Le bateau s'est retourné en quelques minutes »

«Ceux qui nous ont aidés, ce sont les piroguiers, les premiers à intervenir, ensuite un chalutier chinois, qui nous a pris pour nous ramener à Banjul», raconte Patrice Auvray, un Français de 46 ans rescapé du naufrage. Son regard hagard[1] passe d'une personne à l'autre. Dans une salle de l'Hôpital principal de Dakar, journalistes et officiels, dont le Premier ministre sénégalais, Mame Madior Boye, prêtent l'oreille à son récit.

«En ce qui concerne la catastrophe elle-même, ça s'est passé très, très rapidement. Le bateau s'est retourné en quelques minutes, et peu de gens

---

1. Épouvanté.

Histoires vraies – Le fait divers dans la presse

ont pu sortir de la coque», se souvient-il. «Donc, nous nous sommes retrouvés à l'extérieur du bateau, avec l'unique souci de trouver quelque chose flottant pour s'y agripper. Et ne trouvant pas grand-chose malheureusement, nous avons fini par réussir à trouver le moyen de grimper sur la coque et à s'entraider mutuellement pour (y) faire grimper tous les rescapés. Malheureusement, tout le monde n'a pas pu y monter. Nous n'étions plus que 22», ajoute-t-il. La voix qui s'éteint est relancée par une question de Mme Boye : «À quel moment cela s'est-il passé ?»

«Juste à la fin du film en vidéo (projeté sur le bateau), il y a eu subitement davantage de vent. Un fort vent latéral qui a pris le bateau, et on a constaté une accentuation de la gîte», répond le rescapé. «Le bateau était levé, il n'est pas revenu dans sa position normale, qui (était) déjà un petit peu inclinée, et donc la prise au vent a fait que le bateau s'est renversé», poursuit-il.

Les passagers ont alors essayé, pour s'abriter du vent et de la pluie, de se mettre d'un côté du bateau, ce qui a brusquement accentué le déséquilibre du *Joola*, d'après Patrice Auvray. Quant aux secours, «on les attendait plus rapidement. On voyait les lumières. On pensait qu'ils nous avaient vus. Il y a eu plusieurs fusées de détresse qui ont été envoyées par les rares canots de sauvetage qui ont été mis à l'eau, qu'on n'a pas vus nous-mêmes, nous, rescapés sur la coque du bateau.»

Les Nouvelles calédoniennes (web), 30 septembre 2002.

Texte 3

LE DERNIER VOYAGE DU *JOOLA*

Jeudi 26 septembre, 23 heures

Au loin, à droite vers les côtes de Gambie, les éclairs se rapprochent. C'est la nuit. Trapu, lourd et penché sur le côté gauche, *Le Joola* remonte les vagues de l'Atlantique, vers Dakar. La mer est à peine formée, des petits creux de deux mètres. Le bateau en a vu d'autres, ses passagers ne s'alarment pas. Ils sont 1 500, peut-être plus. Pour 600 places autorisées. Ceux qui n'ont pas trouvé de banc ou de fauteuil s'installent sur les ponts, dans les coursives. Des femmes, commerçantes diolas[1], étalent leurs nattes pour la nuit dans les couloirs. Dans sa cabine, Patrice, Français de Casamance, veille sur sa compagne. Corinne souffre d'une crise de paludisme[2]. À l'extérieur, des enfants se faufilent d'un pont à l'autre. Au restaurant, on finit de débarrasser les couverts. Un orchestre joue de la salsa et du m'balax[3] sénégalais pour faire tanguer «gazelles»[4] et étudiants. La rentrée universitaire, c'est la semaine prochaine. La traversée s'annonce agitée, comme à l'ordinaire, dans l'odeur d'huile, de fioul et de poisson séché. Tout va alors très vite. L'orage, venu de la terre, rattrape le bateau. Un coup de vent abat un paquet de pluie. *Le Joola* s'incline encore plus sur la gauche. Les passagers rient encore en suivant le mouvement. Ils glissent vers bâbord pour se mettre à l'abri : l'inclinaison s'accentue. À l'arrière, un marin entend un grondement, un bruit de tôles broyées : les véhicules, qui n'avaient pas été arrimés lors du chargement, viennent de riper[5]. Ils se fracassent sur le côté gauche du pont-garage. Entraîné par ce poids, *Le Joola* est maintenant sur le flanc. Et c'est la catastrophe. L'eau entre par les hublots de troisième classe. La lumière s'éteint. Les passagers se bousculent, tentent de trouver une issue. Certains essaient de nager, dans le noir, sans pouvoir repérer où se trouvent le haut et le bas, dans un capharnaüm d'objets, de sacs, de chaises, de tables emportés, brassés par les eaux. Des bras se ten-

---

1. Commerçantes, originaires de Casamance, spécialisées dans les échanges entre produits de la forêt et produits du désert.
2. Maladie endémique inoculée par les piqûres de moustiques des zones tropicales humides et marécageuses (*palud* = «marais»).
3. Musique traditionnelle wolof, à base de percussions, à laquelle les chanteurs contemporains Youssou N'Dour et Ismaël Lo ont ajouté des cordes.
4. Métaphore familière et affectueuse pour désigner les jeunes femmes.
5. Glisser et frotter les uns contre les autres.

dent vers eux, des gens terrorisés tentent de les agripper. Ils les écartent, s'en défont, pour survivre. Des enfants hurlent, des mères appellent. Dehors, des gens sautent ou sont précipités dans les flots. Un étudiant qui était au pied de la timonerie[1] essaie de monter le plus haut possible sur le navire pour repousser le moment où l'eau va le rattraper. Il grimpe le long des grandes vitres de la cabine de pilotage. À l'intérieur, à la lueur des éclairs, il voit les marins, épouvantés, qui, emportés par le mouvement du bateau, sont tous précipités vers la porte gauche... où l'eau commence à entrer. Ils ne peuvent plus accéder aux commandes, ni lancer de SOS. Dans la cabine 22, Patrice aide Corinne à se faufiler par la fenêtre. Ils sautent dans les vagues de l'océan au moment où *Le Joola* se retourne, coque en l'air. Un éclair : Patrice aperçoit des gens qui se débattent, incapables de nager. Un autre flash : ils ont disparu. Il ne voit plus Corinne. Il entend, venus du bateau renversé, les hurlements de ceux qui sont restés prisonniers et tentent de survivre dans des poches d'air. À trente kilomètres des côtes de Gambie, au moins 1 500 personnes vont mourir. Parmi elles toute une génération d'étudiants, espoir et future élite de la Casamance. La catastrophe a duré dix minutes. Seuls 65 passagers ont survécu au dernier voyage du *Joola*. [...] *Le Joola* avait quitté Ziguinchor le jour même, en fin de matinée, et commencé la descente du fleuve Casamance en direction de Karabane. Lentement, *Le Joola* glisse vers le milieu du fleuve. Il s'aligne dans le chenal et entreprend, à vitesse réduite, la descente vers Karabane, dernière île avant l'embouchure, porte de l'océan. Depuis les ponts supérieurs, les voyageurs regardent défiler des paysages de paradis. Au-dessus des palétuviers émergent des baobabs et de gigantesques fromagers, arbres de contes de fées dans lesquels on creuse d'immenses pirogues. La mangrove[2] est peuplée d'échassiers. Des croco-

---

1. Partie surélevée du navire où se trouvent les instruments de navigation.
2. Marécage caractéristique des estuaires tropicaux où dominent les palétuviers, grands arbres aux racines aériennes.

diles traversent les bolongs[1]. *Le Joola* ne peut pas se rapprocher des rives, il risquerait d'échouer sur un banc de sable. Il doit se tenir au centre du chenal, profond de 10 mètres. C'est pour suivre ce passage qu'il ne peut naviguer que le jour sur le fleuve. C'est pour naviguer dans ses basses eaux qu'il a été conçu avec un fond plat. À Ziguinchor le temps était lourd. Ici, à mi-parcours du fleuve, face à la pointe Saint-Georges, l'orage gronde. Au loin, quelques roulements de tonnerre. Sur les îles de la rive droite, des lueurs d'éclairs. En automne, sur l'humide Casamance se renforcent des grains tropicaux qui prennent de l'ampleur au-dessus de l'Atlantique avant de devenir ouragans sur les côtes américaines. Ce fut le cas de Cindy en 1999 qui avait balayé plus d'une centaine de pirogues de pêcheurs en mer. Mais rien de tel n'est annoncé aujourd'hui. Vers 16 h 30, *Le Joola* arrive en face de l'île de Karabane. Il pleut, un peu.

Escale à Karabane

Lorsque *Le Joola* paraît en vue de Karabane, au milieu du fleuve, on est au cinéma. Depuis les rives, des pirogues multicolores sont poussées à l'eau. Bientôt elles escortent le navire jusqu'à son mouillage, à quelques encablures de la plage. Sur l'île, on devine les ruines d'une ancienne église bretonne, vestige du temps des colonies quand Karabane servait de halte aux navires négriers. Aujourd'hui, c'est une île douce, paradis pour touristes aventuriers. Ben Béchir est sidéré du nombre de pirogues dans lesquelles s'entassent de nouveaux passagers pour *Le Joola*. Officiellement, 178 tickets ont été vendus au départ de l'île. Parmi eux il y a 54 enfants de Mlomp, petit village accessible par une route où les chauffeurs zigzaguent entre les nids-de-poule, à la recherche de restes de goudron. L'entretien des routes, ici, n'a jamais été une priorité du gouvernement. Dans le village d'à côté, Kagnout, c'est Thomas, l'instituteur, qui amène une quinzaine d'écoliers à Dakar. Tous ces enfants rejoi-

---

1. Canaux reliant les bras de la mangrove.

gnent à bord trois équipes de football qui vont disputer un tournoi pour les moins de 15 ans. Sept militaires supplémentaires prennent place. L'embarquement se fait par une porte latérale, à tribord. Massés sur les ponts, les passagers assistent au chargement des paniers remplis de poissons et de crevettes séchées, de bouquets de balais de paille. *Le Joola* alors penche à tribord. À 18 heures les transbordements sont terminés. Le bateau repart, il pleut toujours. L'orage gronde plus au nord.

L'entrée dans l'Atlantique

À 19 heures, le bateau franchit la barre, quitte l'embouchure et fait cap vers Dakar, qui devrait être atteint le lendemain matin, vers 7 heures. La sortie du fleuve se fait en douceur, saluée par un banc de dauphins. Les côtes de la Casamance, les plages bordées de cocotiers où crépitent quelques feux, les villages de pêcheurs s'éloignent doucement. Des bouteilles de plastique emplies de vin de palme circulent de main en main. On boit au goulot. Des effluves d'herbe flottent dans les endroits reculés des ponts. Comme un au revoir à la douceur de vivre de Casamance. L'entrée dans l'Atlantique est plus houleuse. Ici le courant vient toujours du nord, le navire remonte les flots. Même si la mer n'est pas vraiment grosse, les vagues cognent contre la coque. Dans les cabines, on a l'impression de plonger après chaque gifle de l'océan. Les toubabs, les Blancs, quittent peu leurs couchettes, immobilisés par le mal de mer. Les habitués du voyage ne se formalisent pas. Ils mangent au restaurant et se préparent à danser une partie de la nuit. Personne ne s'inquiète du nombre de passagers dans les superstructures du bateau : *Le Joola* était bien plus chargé lorsqu'il avait transporté 3 000 civils et militaires, après une opération en Guinée-Bissau. Il convoyait même cette fois-là des engins blindés dans le pont-garage. Tout le monde, à part bien sûr le commandement, ignore que le bateau n'a pas subi sa visite annuelle de sécurité et que ses certificats de navigabilité ne sont plus valables depuis des années. Personne, enfin, ne se soucie de l'absence de liaisons radio régulières entre le bateau et la terre. Le dernier appel est donné à 22 heures, il signale que tout va bien à bord. Il n'y a pas d'autre appel prévu avant l'arrivée à Dakar. Vers 22h45, le radar repère l'arrivée imminente du grain tropical qui depuis Ziguinchor court après le navire. Les officiers ne s'alarment pas. Ils oublient que le bateau est presque vide dans ses cales : une baisse de pression a empêché de faire le plein d'eau à Ziguinchor. Les ballasts[1] n'ont pas été remplis. De plus *Le Joola* est reparti de Casamance avec le seul reste de fioul chargé à Dakar. Le pont du fret est, lui aussi, loin d'être plein. La surcharge est en haut, sur les ponts avec les passagers et ce générateur de 5 tonnes installé à l'arrière. Bien lesté, son fret amarré, ses poids bien répartis, *Le Joola* peut résister à des vents très violents. À 23 heures, le coup de vent qui le couche et envoie ses passagers à la mort en dix minutes n'est que de 45 à 55 kilomètres à l'heure !

Le sauvetage

Vers 5 heures du matin, les pêcheurs gambiens dans leurs pirogues sont terrorisés lorsque, effrayants dans la nuit, leur parviennent des cris, des appels. Ils pensent à des esprits, des fantômes de la mer : agrippés au *Joola*, les survivants doivent d'abord les rassurer. L'alerte est donnée par ces piroguiers qui préviennent des chalutiers à proximité. Leurs armateurs sont contactés vers 8 heures. L'armée, qui exploite le bateau, ne s'active que vers 8h30. Ses secours n'arriveront sur place que vers 18 heures ! Quelques heures auparavant, les forces françaises basées au Cap-Vert ont hélitreuillé deux plongeurs. L'accès à d'éventuels survivants dans des poches d'air n'est pas tenté : les cadavres rendent impossible toute progression dans le bateau. Haïdar el-Ali est arrivé le samedi matin. Libanais d'origine, ce plongeur sénégalais a entrepris de lui-même de rallier l'épave du *Joola*, dès qu'il a appris la catastrophe. Sur

---

1. Compartiments étanches destinés à contenir l'eau qui sert à lester (équilibrer) le navire.

place, il plonge, espérant sauver des vies. Il ne remonte que des cadavres. Il filme aussi et transmet les cassettes aux autorités militaires. Il raconte les corps crispés, tête renversée vers l'arrière, la bouche encore tendue vers la poche d'air qui a prolongé l'agonie, les mères avec leurs bébés, les enfants. Sur ses films, on voit aussi les barques de secours et les radeaux de survie, les bombards, toujours accrochés au bateau. Un plan rapproché donne l'explication : les radeaux sont solidement sanglés et ne peuvent s'ouvrir automatiquement. Impossible aussi d'utiliser les fusées de détresse logées à l'intérieur. Un seul de ces radeaux s'est ouvert dans la nuit du naufrage : celui dont un rescapé a réussi à cisailler la sangle de plastique... avec les dents. Haïdar el-Ali est persuadé qu'on aurait pu sauver plus de gens si les secours avaient eu les moyens de percer la coque et d'insuffler de l'air à l'intérieur. Ces moyens, tout comme l'indispensable plan du *Joola*, n'avaient pas été embarqués par les bateaux de secours de la marine nationale. Le samedi soir, il décide d'arrêter de remonter les corps : « Ce n'était plus supportable. Après avoir extrait un adulte, on peut le lâcher et il remonte. Les enfants, surtout les bébés, sont trop légers. On est obligé de les accompagner jusqu'à la surface. Avec la température de l'eau sous la coque chauffée par le soleil, les corps commencent à se putréfier : ils nous restent dans les mains. » Haïdar ferme les portes du *Joola*, après en avoir extrait 268 cadavres : « On a l'impression d'abandonner ceux qui sont restés dedans. » Avant de remonter, plein de colère et de honte, il trace, sur la coque du *Joola* : « Honneur au peuple du Sénégal ».

[...]

Robert Marmoz, *Le Nouvel Observateur*, n° 1988, 12 décembre 2002.

2. COUP DE GRISOU
(LE 3 JUILLET 1889 À SAINT-ÉTIENNE)

Texte 4

CATASTROPHE PRÈS DE SAINT-ÉTIENNE (1)
200 victimes

Saint-Étienne, 3 juillet, 8 heures soir.

Une épouvantable explosion de grisou s'est produite au puits Verpilleux communiquant avec les puits Jabin et Saint-Louis. 200 mineurs sont dans la mine et la mine est en feu.

M. des Joyeaux, ingénieur, a été remonté presque complètement asphyxié; un autre ingénieur, M. Buisson, a eu le poignet arraché.

On travaille fiévreusement au sauvetage au milieu de scènes lamentables. Toutes les autorités sont sur les lieux.

10 heures soir.

Les équipes de secours se succèdent courageusement et sans interruption, mais leurs efforts sont paralysés par les éboulements qui obstruent les galeries et par l'eau qui les inonde, car les pompes d'épuisement ne fonctionnent plus. D'autre part, le puits Verpilleux est en feu; la fumée qui s'en dégage en rend l'accès impossible.

L'état de l'ingénieur Buisson, qui a eu le poignet arraché en opérant la première descente de secours, est désespéré.

On vient de retirer deux victimes vivantes; on leur a fait respirer de l'oxygène comme premier traitement. Les malheureux sont absolument défigurés; leur peau fendillée par le feu se détache au toucher; on les transporte à l'hôpital dans une voiture chargée de paille.

Histoires vraies – Le fait divers dans la presse

Les parents éplorés[1] attendent aux abords des puits, mais toutes ces douleurs sont silencieuses. Des cris ont été entendus à l'intérieur. Peut-être arrivera-t-on à sauver quelques unes des malheureuses victimes.

Dès que le président de la République a eu connaissance de la catastrophe, il a envoyé le commandant Cordier sur les lieux du sinistre avec mission de distribuer immédiatement des secours aux familles des victimes.

Le Petit Journal, 5 juillet 1889.

Texte 5

LA CATASTROPHE DE SAINT-ÉTIENNE (2)

Saint-Etienne, 7 juillet.

Au puits Verpilleux on épuise l'eau précédemment concentrée sur le foyer de l'incendie. Est-ce prématuré ? Le feu est-il éteint ? Il se dégage encore beaucoup de fumée.

Deux des quatre corps remontés hier ont été ensevelis ce matin à onze heures sans pompe officielle, mais au milieu d'une foule nombreuse, recueillie et sympathique. Les deux autres seront inhumés cette après-midi.

Quant aux autres cadavres restant au nombre de treize, ils sont dans un état tellement affreux que les obligations sanitaires les plus élémentaires exigent leur transfert immédiat au champ du repos[2].

L'inhumation de toutes les victimes que l'on découvrira ultérieurement devra être effectuée dans les mêmes conditions.

M. et Mme Galtié consacrent cette après-midi à visiter les blessés et les familles des victimes. Mme Galtié a déjà passé de longues heures au chevet des blessés à l'hôpital du Soleil.

---

1. En pleurs.
2. Cimetière (euphémisme).

La grève générale des mineurs appréhendée par les pessimistes ne s'est heureusement pas déclarée. Les ouvriers du puits Stern à Monthieux sont même sur le point de reprendre le travail, grâce à l'esprit de conciliation de la compagnie ; mais les grévistes du puits Ambroise à Villebœuf paraissent très résolus, bien que calmes.

Dans une réunion qu'ils viennent de tenir à la Bourse du travail, ils sont décidés de maintenir la grève jusqu'à ce qu'ils aient obtenu satisfaction, c'est-à-dire une augmentation de salaire variant de 25 à 40 centimes par jour. Les mineurs du Cros se réunissent actuellement à la Bourse du travail.

Il existe dans toute notre population minière une sourde fermentation causée par la récente catastrophe. Il est à craindre que nos ouvriers, d'ordinaire si sensés, ne cèdent aux sollicitations des meneurs et exploiteurs de bas étage qui ne cherchent qu'à pêcher en eau trouble.

4 heures soir.

MM. Gruet, garde-mine, et Reynaud, chef de pompe, allant observer l'aspect d'une galerie au puits Verpilleux, sont tombés asphyxiés par l'acide carbonique ; immédiatement remontés et secourus, ils ont repris l'usage de leurs sens, mais l'état de M. Reynaud est grave.

Les autorités préfectorales ont assisté aux funérailles de ce matin. Elles seront également présentes à celles de ce soir. Les cercueils sont d'une dimension extraordinaire ; ils ont plus de 1 mètre de largeur sur 80 centimètres de hauteur. Les corps, en effet, sont considérablement enflés, et, étant donné l'état de décomposition avancée où ils se trouvent, on a dû introduire dans les cercueils quantité de chaux et de sciure de bois phéniquée[1].

Le Petit Journal, 10 juillet 1889.

---

1. Imbibée de phénol, puissant antiseptique employé en pharmacie.

Texte 6

LA CATASTROPHE DE SAINT-ÉTIENNE (3)

Saint-Étienne, 8 juillet.

On est arrivé à un chantier renfermant une quarantaine de cadavres. Hier soir à neuf heures, après avoir dépecé sur place le corps d'un cheval démesurément enflé qui bouchait l'accès, on a retiré un premier corps, et à cinq heures du matin, on en avait remonté douze.

Au moment actuel, deux heures de l'après-midi, il y en a vingt-quatre rangés à la file dans une sorte de chapelle ardente que la compagnie a fait installer près du puits Saint-Louis.

On remarque que tous les morts sont couchés la face contre terre, tournés dans la même direction ; assurément les mineurs ont été surpris et frappés dans leur fuite. Quelques-uns ont la main sur la bouche comme pour se préserver de l'asphyxie ou du mauvais goût. On se souvient que la catastrophe s'est produite à onze heures trois quarts. Or les montres des victimes sont toutes arrêtées entre onze heures et une heure.

L'enlèvement des cadavres est opéré par les ingénieurs en personne, des élèves volontaires de l'École des mines et une équipe de seize ouvriers. Le cadavre superficiellement désinfecté est placé sur une toile tendue par les sauveteurs armés de gants en caoutchouc, puis transporté à bras pendant un trajet de vingt à vingt-cinq minutes à travers des décombres, jusqu'à la recette d'en bas où il est placé dans une grande caisse, puis remonté au jour. Là, dès qu'il est reconnu, il est enfermé dans le cercueil avec toutes les précautions sanitaires indispensables et possibles. […]

Le Petit Journal, 11 juillet 1889.

Texte 7

LA CATASTROPHE DE SAINT-ÉTIENNE (4)

Saint-Étienne, 8 juillet.

Tout en vous apportant les faits saillants, mes dépêches ne peuvent donner, aux lecteurs du *Petit Journal*, qu'une idée très imparfaite de l'horreur de la situation. Comment dépeindre la foule immense, houleuse, désolée ou inerte, qui encombre les abords du puits Saint-Louis? Le *plâtre* de la mine (on sait qu'on dénomme ainsi un vaste périmètre clos, attenant à chaque puits) est également bondé de parents des victimes, qui ont l'accès libre, afin de permettre la reconnaissance des cadavres.

À cent mètres autour, l'odeur pestilentielle, accentuée, plutôt que détruite, par les désinfectants, empoisonne l'air. Et à ce propos, on se demande pourquoi le sulfate de cuivre n'est pas employé, conjointement avec le phénol; en quantité suffisante, le sulfate de cuivre aurait certainement raison de ces émanations, dangereuses pour la santé publique et attristantes pour les parents des victimes.

À l'heure où je vous écris, on a retiré 40 cadavres, dont une trentaine ont été inhumés dans la journée.

Les scènes navrantes de l'hôpital se renouvellent à chaque corps que l'on apporte au jour. Bien des erreurs, hélas! se commettent. Ainsi un malheureux mineur a été porté trois fois comme enseveli. Parfois deux familles en pleurs se disputent un cadavre méconnaissable; rien de poignant comme ces affligés s'injuriant au milieu des sanglots pour se disputer la possession d'un mari, d'un fils ou d'un frère.

D'autres, ne tenant aucun compte de l'urgence des inhumations, se plaignent amèrement, parfois avec menaces, de n'avoir pas eu la consolation du dernier adieu au mort adoré.

Le baraquement où les cercueils sont amenés est décemment tendu de

Histoires vraies – Le fait divers dans la presse

noir; l'atmosphère est imprégnée d'un mélange de thymol[1] et de phénol que lancent en pluie fine deux pulvérisateurs à vapeur. Un ouvrier, por-
30 tant sur le dos un autre pulvérisateur inventé pour combattre le mildiou de la vigne[2], asperge les cercueils d'un mélange désinfectant. La baraque se remplit de ses hôtes funèbres; elle ne sera bientôt plus suffisante pour contenir tous les cadavres; un groupe de charpentiers travaille activement à construire une annexe. M. le préfet et M. Blond, commissaire central,
35 escortent les convois à l'église et au champ de repos.

Le Petit Journal, 11 juillet 1889.

3. EXPLOSION DE L'USINE AZF À TOULOUSE (21 SEPTEMBRE 2001)

Texte 8

LA NÉGLIGENCE A FAIT EXPLOSER L'USINE AZF

Des déchets contenant du chlore ont été jetés dans le hangar où se trouvaient 330 tonnes de nitrate d'ammonium une demi-heure avant le drame de Toulouse, selon des experts cités par *Le Parisien*.

5 Trois mois après l'explosion de l'usine AZF de Toulouse, la piste de l'accident est privilégiée par les experts selon *Le Parisien* de vendredi : des déchets contenant du chlore ont été jetés dans le hangar 221 où se trouvaient 330 tonnes de nitrate d'ammonium une demi-heure avant le drame du 21 septembre.

---

1. Antiseptique tiré de l'essence de thym et de serpolet.
2. Maladie de la vigne causée par un champignon.

Ce mélange de deux produits incompatibles aurait provoqué l'étincelle puis l'explosion. « Si on mélange du nitrate d'ammonium avec des produits chlorés ou des dérivés, cela explose à chaque fois », explique un magistrat chargé du dossier cité par le quotidien. Ce sont les conclusions des deux experts chimistes Daniel Van Schendel et Dominique de Haroqui qui ont mis en contact les deux produits en laboratoire. Présentées oralement le 18 décembre dernier aux juges d'instruction, ces conclusions concordent avec la chronologie des entrées et sorties du hangar 221 établie par les policiers de la police judiciaire. « Une demi-heure avant l'explosion, un manutentionnaire a chargé dans une benne des produits à jeter provenant d'une autre zone de stockage au sud de l'usine AZF. Une zone dans laquelle le chlore est utilisé. Ces déchets ont été jetés en vrac à l'entrée du bâtiment 221 », retracent les colonnes du *Parisien*.

Négligences industrielles

De plus, le journal souligne que « des négligences industrielles » auraient « favorisé la marche vers le drame », comme l'humidité ambiante du hangar qui accélère la décomposition chimique du nitrate et la formation d'une croûte de nitrate recelant des poches de gaz nitrique très sensibles. Enfin, le quotidien rappelle un précédent rapport du 24 octobre, rédigé par un inspecteur général des mines pour l'inspection générale de l'Environnement. Selon ce dernier, les risques dus aux nitrates ont été sous-estimés. « Le risque d'explosion était considéré comme négligeable par l'exploitant AZF-Total », écrit le rapport, qui recommande que les produits pollués soient considérés comme des explosifs. L'explosion du 21 septembre a causé la mort de 30 personnes, blessé 25 000 personnes et provoqué d'énormes dégâts matériels dans toute l'agglomération toulousaine. Le Premier ministre Lionel Jospin a annoncé samedi dernier que l'usine resterait définitivement fermée.

Le Nouvel Observateur, 28 décembre 2001.

Histoires vraies – Le fait divers dans la presse

4. INCENDIES

Texte 9

EFFROYABLE INCENDIE PRÈS DE RENNES
Un asile départemental détruit par les flammes

L'incendie qui a détruit l'asile de La Piletière, près de Rennes, a pris les proportions d'une véritable catastrophe.

Les hospitalisés y étaient au nombre de 320, soit 150 hommes et 170 femmes. Ce fut de la part de ces pauvres gens une fuite éperdue. Mais plusieurs de ces malheureux n'ont pu se sauver à temps et leurs cadavres ont été retrouvés affreusement carbonisés et méconnaissables.

Pourtant, quel dévouement admirable, quel héroïsme déployé par les sauveteurs! Les pompiers de Rennes, les soldats de la garnison, une foule de héros inconnus de la population ont accompli des prodiges de sang-froid et de courage pour arracher aux flammes les pensionnaires de l'hospice.

Plusieurs ont été blessés grièvement. L'un d'eux, tombé d'une hauteur de douze mètres, s'est fracturé la jambe.

L'aumônier de l'asile, qui prenait, lui aussi, une part active au sauvetage, a été également blessé en portant secours à ses ouailles[1]. Plusieurs sœurs de l'hospice, qui ont été admirables de dévouement, ont reçu de cruelles brûlures.

Ce sont des catastrophes de ce genre qui donnent l'occasion de se manifester à ce noble et généreux esprit de solidarité qui caractérise notre race. On nous croit trop volontiers sceptiques[2]; parfois, nous

---

1. Métaphore familière qui désigne les chrétiens, par similitude avec les brebis (*ouailles* vient de *ovicula* = «brebis») suivant leur pasteur.
2. Incroyants.

écoutons trop complaisamment ces tirades creuses des politiciens en quête de popularité qui prêchent l'égoïsme et la guerre des classes.

Mais qu'un danger éclate : tout le monde y court, car le sentiment d'humanité est le plus fort de tous ceux qui nous animent. Et, comme il advint à La Piletière, les héros inconnus se précipitent dans le péril ; ils accomplissent la tâche que leur commande leur conscience, et cette tâche remplie, ils rentrent chez eux, simplement satisfaits d'avoir fait leur devoir.

Son devoir, chacun l'a fait à La Piletière.

Le Petit Journal illustré, 18 février 1906.

Texte 10

TRAGÉDIE AU PARIS-OPÉRA

Drame – Un terrible incendie a ravagé hier un hôtel social du centre de Paris. Le bilan est très lourd : au moins vingt morts, dont dix enfants.

Une forte odeur de brûlé envahissait encore hier matin les abords des Galeries Lafayette, à Paris, dans le 9e arrondissement. Huit heures après le déclenchement du sinistre qui a touché un hôtel meublé de la capitale, le Paris-Opéra, rue de Provence, vers deux heures du matin, les pompiers tentaient toujours de maîtriser les dernières flammes de l'incendie, qui, selon un bilan provisoire, a coûté la vie à vingt personnes, dont dix enfants, et en a blessé quelque cinquante autres.

Bloqué à l'angle des rues Chaussée-d'Antin et de Provence, un couple, visiblement angoissé, demande : « On cherche une femme qui est enceinte. » « Allez vers l'église de la Trinité, on vous renseignera », leur répond un CRS. Deux tentes de la Croix-Rouge ont été installées là-bas, peu après l'arrivée des premiers secours, vers trois heures du matin. « Nous avons mis en place une cellule d'accueil psychologique et, depuis ce matin, on reçoit de nombreuses familles qui attendent des nouvelles des leurs», explique Marcial Zimmermann, responsable de la Croix-Rouge sur place. Au même moment, commerçants et employés tentent de franchir les barrages pour aller travailler, tout en jetant un coup d'œil vers la fumée qui se dégage encore de la carcasse calcinée du Paris-Opéra.

À 2 h 20, l'alerte

Les pompiers, appelés à 2 h 20, ont déclenché dix minutes plus tard le plan rouge, qui prévoit une vaste mobilisation des secours médicaux. Plus de 250 sapeurs-pompiers et secouristes du SAMU sont intervenus. Le sinistre a donné lieu à de véritables scènes de panique. Fuyant les flammes, plusieurs habitants ont sauté par les fenêtres. Des prostituées, qui travaillent dans des petits hôtels tout proches, faisaient partie des premiers témoins. L'une d'elles, Laure, quarante et un ans, a raconté à l'AFP les «hurlements et les appels au secours» des personnes surprises en pleine nuit par le feu, le «bruit sourd» des corps s'écrasant quelques mètres plus bas. Avec d'autres, elle a aidé un résident à sortir par un grand vasistas situé en haut de l'immeuble.

Parmi les blessés figurent des polytraumatisés (multiples fractures), des brûlés et des personnes intoxiquées par les fumées. Ils ont été installés dans un poste médical avancé (PMA), l'équivalent d'un hôpital de campagne, à l'intérieur des Galeries Lafayette, avant d'être évacués vers les hôpitaux de la capitale. Le bâtiment modeste était habité par 76 personnes, en majorité des familles nombreuses d'origine africaine. Mais pas seulement. La préfecture de police a recensé, provisoirement, des blessés de sept nationalités : française, sénégalaise, portugaise, ivoirienne, américaine, ukrainienne et tunisienne.

Une seule sortie

Des spécialistes du laboratoire central de la préfecture de police se sont rendus sur place pour déterminer les causes de l'incendie. Selon les premiers éléments de l'enquête, le sinistre est «sans doute d'origine accidentelle». Le bâtiment, qui ne comportait qu'une seule issue – la porte principale –, ne posait a priori pas de problème de sécurité, a précisé le préfet de police, Pierre Mutz. Les sapeurs-pompiers, eux, ont indiqué que ce type d'établissement était «régulièrement contrôlé». Et qu'aucune législation n'imposait plusieurs sorties. «J'ai vécu là-bas neuf mois avec mes deux enfants, témoignait pourtant une femme d'une trentaine d'années, son bébé accroché dans le dos. Les conditions n'étaient pas bonnes pour les enfants. Mais j'y avais des amis, et même de la famille. Je suis très inquiète, je voudrais avoir de leurs nouvelles.»

Le président Jacques Chirac a immédiatement exprimé son «sentiment d'horreur» et son «émotion». Et insisté pour que les enquêtes «fassent dans les délais les plus rapides la vérité sur cette catastrophe». Même ton chez Jean-Pierre Raffarin. Après avoir fait part de sa «vive émotion», le Premier ministre a demandé qu'une investigation soit immédiatement engagée pour connaître les causes de l'incendie. Et proposer, «le cas échéant», de nouvelles dispositions destinées à éviter pareil sinistre. D'ores et déjà, l'un des plus meurtriers à Paris depuis ces vingt dernières années.

L'Humanité (web), 16 avril 2005.

Texte 11

ROUBAIX MINÉ PAR SON INSALUBRITÉ

Les marchands de sommeil profitent des carences de la ville en logements sociaux.

Ici, la loi n'a plus sa place. Cécilia et Karim, 20 ans, vivent dans une chambre minuscule, pour 200 euros par mois. «Quand on a fait visiter à ma mère, on en avait des fous rires, de honte.» L'entrée est un garage sombre et sale. Cécilia fait la visite. «Alors ici, c'est chez ma voi-

Histoires vraies – Le fait divers dans la presse

sine handicapée. » Elle montre un box, d'où sort une odeur d'urine de chat. Pas de fenêtre, illégal. Du moisi partout dans la salle de bains. Les tuyaux à nu, la baignoire branlante. Pas de pomme de douche, juste un tuyau. « On a l'eau chaude que deux jours par semaine, à cause de la fuite, il ne veut pas la réparer. » La fuite : une gigantesque flaque au milieu de la salle de bains. « On remet l'eau chaude en douce, mais il peut débarquer à tout moment, et les gens ont peur de lui. » Un matin, il a débarqué dans la cuisine – située de l'autre côté du garage, au bout d'un dédale de couloirs et d'escaliers, dans le noir absolu – et il a pris les plaques chauffantes. Si un locataire ne paie pas, il frappe, entre chez lui et se sert : et hop, le magnétoscope. Chez Nathalie, 30 ans, mère seule avec cinq enfants, il pleut dans la cuisine. Et la fenêtre de la chambre du haut ne ferme pas. « On dort à six dans la même chambre, l'hiver, il fait trop froid. » Deux marches de l'escalier menacent également de céder.

Misère

Bienvenue à Roubaix. Ici, ça a brûlé le 20 août, six morts. « C'est injuste », soupire-t-on à la mairie, « mais ce n'est pas un hasard ». Roubaix ce n'est pas seulement *La teinturerie*, le club lounge VIP[1] dernier cri, les ateliers de créateurs du quartier des modes, la superbe piscine art déco transformée en musée. Roubaix, la ville qui bouge « pour les gens que la mixité n'effraie pas », la ville du grand retour des classes moyennes. À la mairie, on a bossé pour ça, et on a repéré le tournant. « Depuis 2001, on ne donne plus la même importance aux faits divers roubaisiens dans la presse. Ça se passe à Roubaix comme ça se passerait ailleurs. » Mais Roubaix c'est aussi la ville des pauvres, et du logement insalubre. Ici plus qu'ailleurs, tonne son maire, René Vandierendonck (PS). Ici, se côtoient les grandes fortunes du parc Barbieux, et la misère du quartier du Pile, ou de l'Alma.

---

1. Club privé confortable réservé aux personnalités de marque (*very important persons*).

Ici, c'est 40 % de logement social public et, parmi les 60 % restant, un quart à un tiers de logement social « de fait », locataires ou petits propriétaires pauvres. Quelque 10 % de ce parc social de fait sont considérés comme insalubres par la mairie, dangereux pour la santé des occupants. Ici, 75 % des demandes de logement social ne sont pas satisfaites, et le taux de vacance dans les immeubles ne dépasse pas 3 %, « des logements insalubres, en attente de reconstruction », assure le maire. Depuis les années 70, on a abattu un millier de courées insalubres, construites à la va-vite au XIXe siècle pour loger les immigrés belges qui venaient travailler dans les filatures. « La ville avait poussé anarchiquement, enroulée autour des usines », résume le maire.

« Vulnérables »

Il en reste une centaine, réhabilitée pour la plupart. La prochaine étape sera la phase opérationnelle de l'Agence nationale pour la rénovation urbaine (Anru, l'agence de la reconstruction des banlieues), à la mi-septembre. La démolition de 1 500 logements, autant reconstruits. À Roubaix, la banlieue est en centre-ville. « On s'est battu pour que l'Anru s'occupe aussi d'habitat ancien », signale Vandierendonck, « ici, 60 % du territoire de la ville est concerné. » Dans la métropole lilloise, on compte 18 000 demandes pour 112 logements très sociaux construits. Pour les bénéficiaires des minima sociaux, le reste à payer après l'aide au logement est trop lourd. Il leur reste le parc privé. « Ils sont vulnérables, dépendants des marchands de sommeil », soupire Pierre Dubois, adjoint au logement. Pour pousser les propriétaires à rénover, il réclame que la loi permette aux villes d'accorder un « permis de louer ». Parce que les gens ne se plaignent pas. « Pour une raison simple, résume le maire, si ce n'est pas ça, c'est la rue. Les marchands de sommeil sont les rois. »

Haydée Sabéran, *Libération*, 7 septembre 2006.

IV. Bêtes farouches et enragées

« Qui craint le grand méchant loup ?... »[1]

Avant de devenir une espèce protégée bénéficiant d'un fort capital de sympathie – excepté chez les bergers! –, le loup a longtemps cristallisé toutes les peurs, légitimes ou irrationnelles, des populations occidentales. La peur du loup et son corollaire, le syndrome du petit chaperon rouge, nourrissent encore notre folklore qui ne cesse de revisiter les contes anciens.

Au Moyen Âge, la figure du loup est celle du brutal Ysengrin (*Le Roman de Renart*), dont la stupidité limite les méfaits. Au XVIIe siècle, le cynique prédateur est à l'image de son unique rival en cruauté : l'homme (*Le Loup et l'Agneau* de La Fontaine). D'ailleurs, quand il s'attaque aux humains, c'est aux plus faibles : vieilles femmes et petites filles (*Le Petit Chaperon rouge* de Charles Perrault).

Au XVIIIe siècle, la réalité va brutalement dépasser la fiction : une « bête extraordinaire qui dévore les filles » sème la terreur dans le massif du Gévaudan (de 1764 à 1768). Elle tue une cinquantaine d'enfants, avant d'être abattue par un soldat de la

---

[1]. Traduction de : « *Who's afraid for big bad wolf?* », chanson du film d'animation *Les Trois Petits Cochons* de Walt Disney.

garde royale spécialement envoyé par Louis XV pour participer aux battues. C'est un énorme loup-cervier (lynx), identifié par des témoins comme étant LA bête (*voir* illustration ci-contre). Sa dépouille est envoyée à Versailles pour y être empaillée, toute la Cour se précipite pour l'examiner… mais le carnage reprend épisodiquement. Jamais élucidée, la vraie nature de la bête continue de nourrir l'inspiration des écrivains, des cinéastes[1]… et des blogueurs.

Le tigre occupe, dans les civilisations orientales, le rôle tenu par le loup en Occident; cruel et insaisissable, il est encore plus dangereux quand il résulte d'une métamorphose de l'homme : l'homme-tigre et le loup-garou incarnent alors les forces du mal, souvent représentées sous des formes animales. La panthère occupe une place de choix dans ce bestiaire de la peur. On crut en reconnaître une, au milieu de l'été 2006, dans la « grosse bête noire » qui se promenait sur une plage du Pas-de-Calais…

Il arrive parfois que l'animal domestique se transforme en animal sauvage, sous l'effet de la rage, comme ce cheval d'attelage qui attaque son maître (février 1834) ou ces chiens dressés pour l'attaque qui tuent des enfants (été 2006).

La presse ne relate guère les nombreux accidents du travail que sont, pour les agriculteurs, morsures, ruades et attaques diverses, tel l'accident qui coûta la vie à ce couple « tué par une de leurs vaches » (août 1997).

---

1. *L'Homme à l'envers*, roman de Fred Vargas, (« Classiques & Contemporains » n° 34, Magnard); *La Bête du Gévaudan*, téléfilm de Patrick Volson; *Le Pacte des loups*, film de Christophe Gans; *Le Procès du loup*, pièce de Zarko Petan, (« Classiques & Contemporains » n° 80).

Dans un pays qui compte presque autant d'animaux domestiques que d'habitants, dont 17 millions de chiens et de chats, le danger est moins dans l'hypothétique loup qui rôde au-dehors que dans le chien qui dort sous la table, au pied de son maître, à deux pas d'un berceau.

*« Figure de la bête farouche et extraordinaire
qui dévore les filles dans la province de Gévaudan
et qui s'échappe avec tant de vitesse, qu'en très peu
de temps on la voit à deux ou trois lieues de distance,
et qu'on ne peut ni l'attraper ni la tuer ! »*

Feuille imprimée par d'Houry, Paris, 1766.

Texte 1

DES GENDARMES À LA RECHERCHE D'UNE « GROSSE BÊTE NOIRE » PRÈS DE CALAIS

Wissant – Quelque 80 gendarmes et un hélicoptère ont été mobilisés mercredi pour retrouver une « grosse bête noire » aperçue dans la matinée sur la plage de Wissant (Pas-de-Calais), entre Boulogne-sur-Mer et Calais, a-t-on appris auprès de la gendarmerie.

« Nous recherchons une grosse bête noire d'environ 1,20 m de longueur qui a été signalée sur la plage. Des témoins, peut-être paniqués, ont parlé d'une panthère », a déclaré à l'AFP un officier de gendarmerie.

La plage a été fermée à la baignade et il a été conseillé aux gens de rester dans les zones habitées et de ne pas s'aventurer dans les dunes.

Un cirque installé à Wissant a affirmé n'avoir perdu aucun animal.

Dépêche AFP, *Yahoo!* « Actualités », 9 août 2006.

Texte 2

HARRIET, DARWIN ET LA BÊTE DE WISSANT

La semaine passée, sur les écrans, c'était presque des images de guerre : huit dizaines de gendarmes se déployant avec fusil collé sur le torse, hélicoptère en surplomb, battues... La préfecture du Pas-de-Calais et la gendarmerie de Boulogne-sur-Mer étaient sur les dents. Non pas les dents de la mer, bien qu'on y fût au bord, plutôt les dents de la plage, à la recherche de « la grosse bête noire » aperçue par un couple, mercredi 9, entre les caps Blanc-Nez et Gris-Nez, à Wissant. La « bête », féline, pas forcément câline, que certains voyaient (craignaient ? désiraient ?) panthère, a tenu en haleine cinq jours durant. Puis les gendarmes l'ont vue, photographiée, filmée. Certes, elle était bien longue, d'un noir profond,

Histoires vraies – Le fait divers dans la presse

avec des oreilles en pointe. Mais les experts se montrèrent rassurants. Elle n'était ni agressive ni féroce, en tout cas moins que nos féroces soldats. Ceux-ci décidèrent donc de la surveiller de loin. Et par les jumelles, en somme, de la garder à vue.

Ce qu'il y a toujours d'intéressant dans ce genre de fait divers animalier, type frayeur du Gévaudan, c'est ce que l'on y apprend de notre psychologie et de nos sociétés. S'y logent nos peurs et nos fantasmes, nos désirs d'extraordinaire. Et il en faut certes pour sortir de la grisaille d'un mois d'août moyen.

Plus facile pour les gendarmes aurait été d'interpeller sur la plage, puis de garder à vue, Harriet, vénérable tortue des Galapagos, dont le décès le 23 juin est passé plus inaperçu que la traque de la bête de Wissant. Harriet est morte d'une crise cardiaque dans un zoo de Brisbane, en Australie, à l'âge respectable de 175 ans. Elle était vraisemblablement la doyenne des êtres vivants. Son âge a été confirmé par des tests ADN. L'animal pesait plus de 150 kg et s'offrait quelques menus plaisirs : des fleurs d'hibiscus pour son régime, une mare de boue pour la détente. On peut voir sa frimousse de dinosaure édenté sur www.australiazoo.com/australia_zoo/index.html, onglet Harriet.

Selon certains, Harriet (fautivement baptisée Harry pendant près d'un siècle en raison d'une erreur sur son sexe) aurait été capturée dans les années 1830 par le biologiste britannique Charles Darwin lors de son expédition aux Galapagos, prélude à sa fameuse étude sur l'évolution et la sélection naturelle des espèces. Selon d'autres, cela est impossible. Harriet était issue d'une sous-espèce de tortues présente uniquement sur une île que Charles Darwin n'aurait pas visitée.

Qu'importe la réalité de la légende, ce qui compte – et c'est là un insondable[1] vertige du temps –, c'est la petite théorie personnelle des évolutions sociologiques de l'espèce humaine qu'a pu concevoir Harriet

---

1. Profond.

⁴⁰ du fond de son enclos. Ainsi, un instant, un instant seulement, penser ce qu'a pu voir Harriet : des couples soudés du XIXe siècle, victoriens et austères, aux célibataires endurcis du XXIe venus admirer sa carapace, non moins célibataire.

Le mariage a du plomb dans l'aile dans les sociétés contemporaines.
⁴⁵ Et la montée en puissance du nombre de «solos» (8,5 millions en France) pousse les voyagistes à s'adapter. En cette période de vacances, les nouvelles formules de séjours ciblées sur les familles monoparentales et les personnes seules se multiplient, ainsi que les sites Internet qui leur sont dédiés.

⁵⁰ Cette évolution n'interdit pas néanmoins la quête de l'âme sœur. Outre-Manche, selon une étude du site Parship, chacun des 9 millions de célibataires britanniques dépenserait en moyenne 4 950 euros par an à cette fin. La moitié pour la quête elle-même, l'autre pour maintenir la magie des premiers instants : 1 422 euros en restaurants, 270 en voyages,
⁵⁵ 217 en cadeaux, 92 en fleurs et chocolats, autant en taxis. Les hommes se montreraient deux fois plus généreux que les femmes… Mais attention *ladies*! Seulement dans les six premiers mois!

Jean-Michel Dumay, *Le Monde*, 22 août 2006.

Texte 3

HORRIBLE CATASTROPHE

Qui a répandu l'alarme dans le village de Mont-Souris, près la barrière Saint-Jacques, par un cheval enragé qui s'est jeté subitement sur son maître, l'a terrassé, et traîné dans la plaine en le tenant suspendu par le bras droit, que ce terrible animal tenait
⁵ **entre ses mâchoires et qu'il lui a cassé à deux endroits.**

Lundi vers 7 heures du matin, le nommé Hébert, âgé de 50 ans, homme d'une taille gigantesque et doué d'une force peu commune,

Histoires vraies – Le fait divers dans la presse

cultivateur et propriétaire de la ferme de Mont-Souris, près la barrière Saint-Jacques, a été victime d'une affreuse mutilation qui a répandu la consternation parmi les habitants de la commune de Mont-Souris, dont il est généralement estimé.

Il était sorti le matin et avait emmené un de ses plus forts chevaux pour labourer un champ lui appartenant et situé non loin de sa demeure, près d'un Moulin, dit le Moulin-Noir.

Il s'arrêta un instant chez un de ses voisins qui l'appela en passant, et laissa son cheval à la porte sans même l'attacher, comme font d'ordinaire les habitans des campagnes ; aucune démonstration jusqu'alors, n'avait fait soupçonner la férocité dont cet animal n'avait donné aucune marque, puisqu'il y avait dix ans qu'il faisait le service de la ferme.

Après avoir échangé quelques paroles avec son voisin le fermier, accompagné de son cheval, se dirige vers son ouvrage, étant arrivé il s'apprêtait à ateler l'animal à la charrue, lorsqu'une rage s'empare du cheval, qui se cabre et s'abattant sur son maître, lui porte un coup de pied de devant qui lui a abîmé l'œil droit et lui a fait à la figure une large cicatrice, il terrasse son maître et le saisissant des dents par le bras droit, il le secoue horriblement : les cris du malheureux fermier se font entendre, des personnes qui étaient heureusement dans le Moulin accourent à son secours, mais le féroce animal, les voyant accourir et craignant de se voir ravir sa proie, s'enfuit au grand galop à travers les terres, entraînant avec lui sa victime toujours suspendue par le bras à ses mâchoires.

Enfin épuisé et cerné de toutes parts par les habitants accourus sur le lieu de cette terrible scène, on cherche à se saisir du cheval ; un des plus hardis veut l'arrêter en le prenant par la bride, mais le féroce animal lui lance un coup de pied qui lui enlève le gras de l'épaule, et qui heureusement n'a pas fracturé l'os, on parvient cependant à s'en rendre maître et on lui arrache le malheureux Hébert, dans un effroyable état de mutilation ; transporté chez lui, trois médecins arrivèrent spontanément, et rivalisèrent de zèle pour lui prodiguer les premiers soins : on espère cependant sauver les jours de cet infortuné jeune homme, qui aurait inévitablement été tué sur la place par son terrible adversaire, sans les prompts secours de ses voisins. Il y avait long-tems qu'un pareil accès de rage n'avait atteint les animaux.

Février 1834, in *Canards illustrés du XIXe siècle,
fascination du fait divers*, op. cité.

Texte 4

UN COUPLE TUÉ PAR UNE DE LEURS VACHES

Agressé avant la traite, dans la Sarthe

C'est leur gendre qui a découvert, hier matin, les corps de ses beaux-parents. Michel et Lucette Loiseau, agriculteurs à Parcé-sur-Sarthe, près de Sablé, ont été tués par une de leurs vaches devenue agressive.

LE MANS. – Lundi, 8 h 30 : comme tous les jours, Michel Loiseau, un agriculteur de 57 ans qui vit à Parcé-sur-Sarthe, rassemble son troupeau de laitières pour la traite qui doit s'effectuer à l'étable.

Dans la prairie attenante à la ferme de la Derouardière, il y a sans doute eu un problème, estiment les enquêteurs, avec une des vaches, une frisonne[1], qui avait vêlé huit jours plus tôt. Le veau est séparé de sa mère, mais il se trouve à l'étable. Michel Loiseau a probablement demandé de l'aide à son épouse, occupée alors à la basse-cour. Deux seaux d'eau ont été retrouvés à cet endroit ; la porte était ouverte.

Contre une haie d'épines

C'est certainement au moment où Lucette Loiseau, 55 ans, a rejoint son mari que la vache s'est montrée de nouveau agressive. Elle a chargé, violence fatale au couple d'agriculteurs.

---

[1]. Race de vaches laitières originaires de la Frise, région des Pays-Bas.

Histoires vraies – Le fait divers dans la presse

Les corps de Michel et Lucette ont été découverts par leur gendre, Sylvain Desiles, vers 9 h 15, heure à laquelle il devait les rejoindre. À une trentaine de mètres de l'étable, contre une haie d'épines, il a trouvé les corps sans vie de ses beaux-parents.

La vache les a encornés à plusieurs reprises, les blessant mortellement. Les premières constatations des médecins ont fait apparaître que tous les points vitaux avaient été atteints. Chez Michel Loiseau, l'artère fémorale a été sectionnée. Son épouse a reçu plusieurs coups mortels dont l'un a provoqué l'enfoncement de la cage thoracique.

Abattue demain

Le docteur Olivier Favre, un vétérinaire qui connaissait l'animal, a confirmé qu'il était dangereux. L'animal a été endormi et conduit à Chemiré dans le Maine-et-Loire. Il sera abattu demain. Des analyses complètes seront effectuées sur sa dépouille.

Michel Loiseau envisageait de se mettre bientôt en préretraite. Il avait été conseiller municipal et président local de la Mutuelle sociale agricole. Il avait aussi assumé des responsabilités au sein de la FDSEA.

Parents de quatre enfants, le couple avait perdu une fille dans un accident de voiture voici quelques années. Cette nouvelle tragédie pour la famille laisse un fils handicapé vivant à la ferme et deux autres filles qui n'habitent plus la Derouardière.

Étienne Ribaucour, *Ouest France*, 19 août 1997.

Texte 5

LOUIS, 8 ANS, TUÉ PAR UN CHIEN

À Cauville-sur-Mer, le goûter des enfants a tourné au drame mercredi. Un enfant mordu par un bull mastiff est mort. Tout le village est sous le choc.

Le drame a laissé tout un village pétrifié d'horreur. À Cauville-sur-Mer, personne ne peut qualifier ce qui est arrivé au petit Louis, 8 ans, mort après avoir été mordu par un chien dans un jardin de la commune, mercredi après-midi. Les habitants préfèrent souvent laisser place au silence. Ou à la pudeur. « Nous, on ne dit trop rien. Ici, on est comme une famille. Tout le monde se connaît », confie simplement la patronne de la boulangerie du bourg, mère de famille. « On ne sait pas les circonstances. Mais c'est un drame épouvantable pour tout le village. Et pour la famille. Une famille formidable », insiste la commerçante, perturbée, derrière son présentoir.

Les enfants jouaient

C'est à quelques dizaines de mètres de là, dans la cour d'une habitation de la paisible impasse de la Chesnaie, que le jeune garçon a été attaqué par la bête, un bull mastiff, chien de première catégorie. Le garçon habitait dans une autre partie du village, au hameau du Tronquay.

Selon un témoignage, il est allé à pied jusqu'à cette maison normande du « vieux Cauville » en compagnie de plusieurs autres enfants et de la sœur de la propriétaire du bull. « Ils allaient voir les poissons qui se trouvent là-bas », explique le maire, sous le coup de l'émotion. « Les enfants devaient partager un goûter », ajoute une source proche de l'enquête menée par les gendarmes.

À 17 h 30, alors que des enfants jouaient autour d'un bassin, le gamin a été attaqué par le chien, pesant une cinquantaine de kilos. Blessé à la carotide, il a d'abord été secouru par la propriétaire du molosse et sa sœur, toutes deux de profession médicale. Mais les pompiers et le Samu sont vite venus en renfort.

Transporté vers Le Havre, l'enfant est décédé lors de son hospitalisation. « Il semblerait que le chien ait réagi à un mouvement de l'enfant », indique-t-on avec prudence du côté du parquet. Louis était apparemment le seul enfant que l'animal – qui n'était pas connu pour son agressivité – ne connaissait pas.

La propriétaire en garde à vue

La maîtresse du bull mastiff, placée en garde à vue à la brigade de Saint-Romain, a été remise en liberté hier.

Le chien ne se trouvait pas sur la voie publique et ne devait donc pas être obligatoirement tenu en laisse et muselé. Mais les investigations se poursuivent pour préciser les circonstances de ce tragique accident.

« On est aussi tristes qu'eux. Ce sont des gens irréprochables », confient simplement des voisins de la propriétaire du chien.

Louis ne comptait pas parmi les 180 enfants scolarisés à Cauville. Mais dès hier matin, la directrice a dû répondre aux interrogations angoissées de certains élèves.

Le chien, quant à lui, a été observé dans une clinique vétérinaire. Selon le parquet, il devait être euthanasié.

Arnaud Rouxel, *Le Havre libre*, 2 juin 2006.

Une de Qui? Détective, *n° 296, 3 mars 1952.*

V. Tueurs en série

« *Homo homini lupus...* »[1] et, comme le loup des légendes, il s'en prend à plus faible que lui, de préférence de sexe féminin, comme ce mystérieux tueur londonien qui sévit dans le quartier de Whitechapel, de 1887 à 1891. Surnommé par la police *Jack the Ripper* (Jack l'Éventreur), il éviscérait ses victimes (toutes des femmes) et leur subtilisait quelques organes. Il ne fut jamais arrêté. Les motivations mystérieuses de ces meurtres ritualisés n'ont jamais permis de découvrir l'identité du criminel qui eut de nombreux imitateurs.

Joseph Vacher est peut-être l'un d'eux : il avoua avoir égorgé (de 1895 à 1897) quatre garçons, six jeunes filles et une veuve de 58 ans, en insistant sur les détails les plus horribles, largement divulgués par les journaux populaires, espérant ainsi passer pour irresponsable. Pour certains, Vacher représentait en effet un cas de folie criminelle relevant de la psychiatrie. Le jury de la cour d'assises de l'Ain jugea qu'il simulait la folie et le condamna à mort (octobre 1898) – verdict dont se réjouit le populaire *Petit Journal illustré* (15 janvier 1899). Joseph Vacher était incontestablement coupable des crimes pour lesquels il fut jugé, mais était-il responsable ?

Les motivations d'Henri-Désiré Landru sont, elles, des plus limpides : il se fiançait souvent avec des femmes solitaires qui lui

---

[1] « L'homme est un loup pour l'homme. »

confiaient toutes leurs économies. Elles disparaissaient ensuite, après un voyage à la maison de campagne de leur fiancé, à Gambais. Il ne leur achetait qu'un aller simple. C'est ce qui l'a perdu : inscrivant toutes ses dépenses sur un petit carnet, il notait un aller-retour pour lui, un aller simple pour elles. Maigre preuve… Ce fut la seule ! On ne retrouva aucun cadavre. Les avaient-ils brûlés dans sa cuisinière à la campagne ? Il semblait difficile d'y faire tenir plus qu'un gigot. Le compte-rendu du procès occupa la une des quotidiens pendant tout le mois de novembre 1921. Dessins humoristiques, chansons, jeux de mots firent de Landru un héros de roman feuilleton. Il n'avoua jamais et fut pourtant condamné à mort (et exécuté le 22 janvier 1922), malgré le talent de son avocat qui insista sur l'absence de preuves… et de cadavres. Le bruit a couru qu'un autre prisonnier avait été exécuté à sa place. Certains prétendaient même l'avoir rencontré, bien plus tard, en Argentine.

Les temps changent, la science progresse, les méthodes d'investigation aussi, mais l'énigme des tueurs en série demeure… Peut-être aujourd'hui les psychiatres déclareraient-ils Vacher irresponsable, peut-être l'ADN de Landru suffirait-il à prouver sa culpabilité (ou son innocence), peut-être…

Le « tueur de l'Est parisien » (1997) signait lui aussi ses crimes. L'une de ses victimes qui a survécu a pu préciser son mode opératoire. En 1997, un portrait-robot, bien que peu ressemblant, avait fait progresser l'enquête. Son arrestation en 1998 fut suivie d'aveux, rétractés ensuite mais qu'importe : la police disposait de son ADN. En 2001, le verdict du procès ne surprit personne : « la perpétuité » mais… « des questions à vie » !

1. L'ABOMINABLE VACHER « L'ÉGORGEUR »

Texte 1

LE RÉVEIL DE VACHER

L'abominable Vacher a été exécuté ; la société l'a, non pas puni, le châtiment ne serait pas équivalent à ses crimes, elle l'a supprimé, elle s'est délivrée de lui ; c'est ce qu'elle avait de mieux à faire. Si, écoutant certains philanthropes[1], on avait enfermé Vacher, il est bien probable qu'il se serait évadé et de nouveaux crimes auraient été commis.

Au reste, les âmes sensibles et inquiètes se peuvent rassurer. Vacher simulait la folie ; il était parfaitement responsable de ses actes. L'examen, après sa mort, de son cerveau a fait reconnaître que sa raison était entière.

Quoi qu'on en ait dit, je ne crois pas, d'ailleurs, qu'il ait conservé de grandes illusions sur le sort qui l'attendait.

À son réveil, il a bien encore essayé de prononcer quelques paroles de mysticisme[2] incohérent, mais reconnaissant bien vite que c'était inutile et qu'il n'était plus temps, il a repris le langage ordinaire.

Par exemple, lorsque le fourgon qui le transportait est arrivé sur la place de Bourg où devait avoir lieu le supplice, il a refusé de descendre ; couché à plat ventre, il criait : « Portez-moi si vous voulez, je ne bouge pas ! »

Les aides l'ont descendu la tête la première et l'ont porté ainsi sur la planche.

L'exécution de Vacher a été la dernière du bourreau Deibler à qui son fils succédera désormais.

Le Petit Journal illustré, 15 janvier 1899.

---

1. Personnes portées à aimer tous les hommes (du grec *philos* = « ami », et *anthropos* = « homme »).
2. Exaltation religieuse.

VOICI LANDRU !

Ni génial, ni difforme, un œil qui n'est point humain, le regard d'un fauve encagé, attentif et lointain, maniaque, lucide, impénétrable, tel apparaît à cette première audience l'homme aux 283 fiancées

Compulsant ses notes — *Écoutant* — *Rêvant*

Toisant le public — *Méprisant* — *Fatigué*

Croquis de Landru à son procès, Le Matin, *8 novembre 1921*, © ACRPP.

2. HENRI-DÉSIRÉ LANDRU

Texte 2

VOICI LANDRU !

Ni génial, ni difforme, un œil qui n'est point humain, le regard d'un fauve encagé, attentif et lointain, maniaque, lucide, impénétrable, tel apparaît à cette première audience l'homme aux 283 fiancées.

C'est son entrée, et non celle des robes rouges et noires qui met un peu de gravité dans cette salle petite, dépourvue de majesté, où l'on parle haut et où on s'ennuie parce que la Cour se fait attendre. C'est lui qui attire et retient tous les regards, lui, cent fois photographié, caricaturé, reconnu de tous et différent pourtant de ce que l'on connaît de lui. Voilà bien la barbe, la calvitie popularisées ; le sourcil crêpé, comme postiche. Mais cet homme maigre porte sur son visage quelque chose d'indéfinissable qui nous rend tous circonspects – un peu plus, j'écrivais : déférents[1].

Une femme, tête nue, derrière moi, chuchote :

— Il a vraiment l'air d'un monsieur.

Quel éloge !... Un journaliste affirme que Landru a «une barbe de préparateur en pharmacie». Un dessinateur dit :

— Il est bien convenable, on jurerait un chef de rayon à la soie.

La foule n'émettra jamais d'opinion unanime sur Landru. L'homme aux cinquante noms, l'homme aux deux cent quatre-vingt-trois aventures féminines, même sans bouger, et avant qu'il ait parlé, est déjà Protée[2].

---

1. Respectueux.
2. Dieu grec qui refusait d'exercer ses pouvoirs prophétiques et changeait de forme pour échapper à ceux qui voulaient l'y contraindre. A donné l'adjectif *protéiforme*.

Séduisant, ce séducteur ? Correct, certainement. Faunesque[1], verlainien comme on l'a décrit ? Non. Ni génial, ni difforme. Au-dessus des vertèbres maigres du cou, le crâne est beau, et peut couver l'intelligence, qui sait, l'amour... Pour ce qui est de la face, sa ressemblance évidente avec l'ancien député Ceccaldi, le Ceccaldi de Caillaux[2], frappe, et gêne un moment, puis on l'oublie. On l'oublie quand on a vu l'œil de Landru.

Je cherche en vain, dans cet œil profondément enchâssé, une cruauté humaine, car il n'est point humain. C'est l'œil de l'oiseau, son brillant particulier, sa longue fixité, quand Landru regarde droit devant lui. Mais s'il abaisse à demi ses paupières, le regard prend cette langueur, ce dédain insondables qu'on voit au fauve encagé.

Je cherche encore, sous les traits de cette tête régulière, le monstre, et ne l'y trouve pas.

Si ce visage effraie, c'est qu'il a l'air, osseux mais normal, d'imiter parfaitement l'humanité, comme ces mannequins immobiles qui présentent les vêtements d'homme, aux vitrines.

A-t-il tué ? N'a-t-il pas tué ? Nous ne sommes pas près de le savoir. Il écoute, il paraît écouter l'interminable acte d'accusation, débité sur un ton de messe triste, qui fond le courage de tous les auditeurs.

J'observe sa respiration : elle est lente, égale. Il extrait, de son pardessus noisette, des papiers qu'il lit et annote, et dont les feuillets ne tremblent pas dans sa main.

« ... Sinistre fiancé... Spoliée[3] et assassinée... Le meurtrier de Mme Guillin... »

Landru prend des notes, attentif et lointain tout ensemble, ou promène sur la salle, sans bravade, le regard qui fit amoureuses tant de victimes. Il laisse voir que le bruit l'incommode. Il se mouche posément,

---

1. Qui ressemble au faune, divinité champêtre représentée sous des formes mi-animales, mi-humaines : visage barbu, corps velu, oreilles pointues, cornes et pieds fourchus.
2. Ministre des Finances puis président du Conseil avant la guerre de 1914-1918. Sa femme assassina le directeur du *Figaro* qui avait mené campagne contre sa politique.
3. Dépouillée de ses biens.

plie son mouchoir en carré, rabat le petit volet de sa poche extérieure. Qu'il est soigneux !

A-t-il tué ? S'il a tué, je jurerais que c'est avec ce soin paperassier, un peu maniaque, admirablement lucide, qu'il apporte au classement de ses notes, à la rédaction de ses dossiers. A-t-il tué ? Alors c'est en sifflotant un petit air, et ceint d'un tablier par crainte des taches. Un fou sadique, Landru ? Que non. Il est bien plus impénétrable, du moins pour nous. Nous imaginons à peu près ce que c'est que la fureur, lubrique[1] ou non, mais nous demeurons stupides devant le meurtrier tranquille, et doux, qui tient un carnet de victimes et qui peut-être se reposa, dans sa besogne, accoudé à la fenêtre et donnant du pain aux oiseaux.

Je crois que nous ne comprendrons jamais rien à Landru, même s'il n'a pas tué.

Sa sérénité appartient peu au genre humain. Pendant l'essai d'armes, la passe rapide et menaçante entre Me de Moro-Giafferri, chat tigre dont la griffe brille […], et l'avocat général Godefroy, tout enveloppé de ruse […], Landru semblait rêver au-dessus d'eux, retiré de nous, retourné peut-être à un monde très ancien, à une époque où le sang n'était ni plus sacré, ni plus horrible que le vin ou le lait, un temps où le sacrificateur, assis sur la pierre ruisselante et tiède, s'oubliait à respirer une fleur.

Coupable, Landru ressemblerait-il à ces asiatiques et suaves bourreaux ? J'oubliais la « question d'argent ». Et Me de Moro-Giafferri n'est pas de mon avis. La lucidité, la mémoire classificatrice et procédurière de son client l'enchantent :

– Qu'on l'acquitte, s'écriait-il hier dans le vestibule, et je le prends comme secrétaire !

Colette[2], *Le Matin*, 8 novembre 1921.

---

1. Montre un penchant excessif, bestial, pour les plaisirs charnels.
2. Romancière (1873-1954) dont les œuvres fortement autobiographiques témoignent d'une sensualité exaltée. Elle fut aussi mime, danseuse et journaliste au *Matin*, journal pour lequel elle couvrit le procès de Landru.

Texte 3

BRUNE OU BLONDE ?

L'autre jour, au procès Landru, je ne sais plus quel témoin s'est exclamé en dévisageant l'accusé :
– Je le croyais brun, mais je m'aperçois qu'il est blond !
Et l'auditoire de rire !
À un ami qui me relatait cet incident auquel il avait assisté, je demandai :
– Quelle est donc la véritable couleur de la barbe de Landru ?
Il hésita quelques secondes et finit par dire :
– La barbe de Landru est plutôt blonde.
Là-dessus, un autre ami, qui revenait aussi de Versailles, se récria très fort :
– Jamais de la vie ! La barbe de Landru est brune.
Une discussion s'ensuivit qui ne donna naturellement aucun résultat, et c'est alors que je décidai d'aller à Versailles pour me rendre compte moi-même de la couleur de la barbe de Landru.

Il faut avouer qu'une barbe noire, noire comme la barbe de Barbe-Bleue, noire comme les trois cents kilos de charbon avec lesquels on l'accuse d'avoir brûlé ses onze fiancées, noire comme sa conscience, noire comme son âme, noire comme le trou de l'enfer où le bon M. Deibler se flatte de l'envoyer un jour prochain, s'accorde à merveille avec l'idée que nous nous faisons de Landru.

Un Landru blond, blond comme les blés, blond comme Vénus, avec laquelle il a pourtant de secrètes accointances[1], blond comme l'Amour, blond comme la tendre lumière où s'ébattent les anges du Paradis, serait un tout autre Landru que celui qui nous intéresse.

---

1. Relations.

Histoires vraies – Le fait divers dans la presse

Landru est brun ou il n'est pas, me disais-je tandis que le train franchissait les jolis coteaux de Meudon rouillés par l'automne.

De la gare de Versailles, je ne fis qu'un saut jusqu'au palais de justice. Je pénétrai dans la salle d'audience, cherchai Landru des yeux et demeurai bouche bée, déconcerté : Landru n'était ni brun ni blond !

Le poil de Landru est d'une couleur d'abord indéfinissable. Ce n'est qu'après réflexion que je puis formuler à part moi que Landru est châtain, d'un châtain terre, poussiéreux, un peu roussi par places, peut-être, mais je n'affirme rien sur ce point, je n'étais pas très bien placé. En tout cas, ces traces de roussissement que j'ai cru remarquer ne s'expliqueraient que trop… Bref, Landru est châtain, châtain foncé, châtain sale.

Prenez-en votre parti, bonnes gens, la barbe de Landru n'est pas noire.

Telle est du moins mon opinion, telle est ma façon de voir, que je n'ose vous donner comme rigoureusement scientifique et objective, sachant que le proverbe a bien raison qui dit que des goûts et des couleurs il ne faut pas discuter.

Et si quelqu'un venait m'affirmer que la barbe de Landru n'est ni brune, ni blonde, ni châtain, mais qu'elle est verte, verte comme les feuilles du jardin de Gambais, verte comme la bile que s'est faite à propos de cet inculpé peu banal M. le juge d'instruction Bonin, eh bien ! je suivrais le conseil du proverbe, je me garderais de soutenir le contraire…

André Billy[1], *Le Petit Journal*, 17 novembre 1921.

---

1. Romancier et critique littéraire (1882-1971) qui tenait une rubrique régulière à la Une du *Petit Journal*, sous le titre : « Paris, le … ».

Texte 4

HIER, GRANDE JOURNÉE SCIENTIFIQUE ET MACABRE

Le musée Landru aux assises de Seine-et-Oise
La découverte à Gambais de 256 fragments humains permet au docteur Paul d'affirmer la présence de trois cadavres.

Journée des experts les plus redoutés de l'accusé ; journée de la science, journée des savants penchés sur des restes calcinés, sur un peu de boue gluante et pourpre, sur des cendres, mêlées au sable du jardinet, pour dire si ceci est le débris d'un crâne de musaraigne assommée d'un coup de bâton et si cela peut être le fragment de la mâchoire d'un être humain, jeune et fier de ses jolies dents ; pour dire si cette suie est alourdie de déchets horrifiants, si ce limon n'est teint que du sang d'un lapin ou d'un chat vagabond.

Le pauvre corps humain que les vieilles fiancées de Landru prenaient un soin si désespéré de laver des irréparables outrages fut hier, membre à membre, pesé dans les balances de la justice. Comme si ce n'était pas assez de mêler les *Amours* au *Code d'instruction criminelle*, on y ajouta quelques pages de la *Cuisinière bourgeoise* : « Vous prenez un gigot de six livres, vous mettez à plein feu… » Hélas ! feu Maurice Rollinat[1], dont le génie macabre plaît si peu à notre époque, eût raffolé des sinistres expériences que les experts disent avoir faites dans cette villa de Gambais au boudoir décoré d'une estampe symbolique : *Le Loup et l'Agneau*.

Mais, hier, ce fut aussi… comment dire ?… peut-être : la journée de la Lanterne sourde[2]. Me de Moro-Giafferri, qui la veille avait pourtant marqué des points, affichait une lassitude ennuyée, boudant on ne sait qui ou à on ne sait quoi. M. l'avocat général se maintenait dans une

---

1. Poète et chansonnier (1846-1903) à l'humour macabre, c'est-à-dire aimant jouer avec les images de mort.
2. En architecture, désigne un appareil d'éclairage dont la source est voilée, donc peu lumineuse.

Histoires vraies – Le fait divers dans la presse

réserve singulière ; si bien que les débats s'ouvrirent dans une espèce de pénombre. Et soudain, l'un ou l'autre – ce dut être le défenseur qui, le premier, démasqua ses feux – la lanterne sourde s'ouvrait et lançait par dessus la barre un rayon ardent, allongé, prolongé, pénétrant. Si ce n'était pas encore « toute la lumière » au moins était-ce le plus beau « feu de la discussion ». L'œil de la lanterne se refermait brusquement.

En l'un des grands instants de flamme prodiguée, l'avocat de Landru s'éleva contre la conclusion de docteur Paul, tandis qu'à ce dernier l'accusateur demandait si les 256 fragments humains pouvaient « avoir été apportés à Gambais par l'effet d'une sinistre machination ourdie[1] contre Landru ». Se souvient-on que le défenseur s'indigna qu'on eût retardé l'apposition des scellés… dont le commissaire Dautel nie l'absolue vertu ?

Le docteur Paul répondit que cela supposerait l'impossible complicité d'un médecin ; or un médecin n'eût pas omis le bassin, seul révélateur certain du sexe.

Le Matin, 25 novembre 1921.

3. GUY GEORGES, LE « TUEUR DE L'EST PARISIEN »

Texte 5

UNE ÉTUDIANTE SAUVAGEMENT ÉGORGÉE À PARIS

Meurtre – Magali, 19 ans, a probablement été suivie jusqu'à son domicile.

Une étudiante de dix-neuf ans a été retrouvée égorgée mardi soir dans l'appartement du 19e arrondissement qu'elle partageait avec son ami.

C'est le jeune homme qui a fait la macabre découverte en rentrant

---

1. Préparée soigneusement, de la façon dont on prépare la trame d'un tissu.

vers 19 h 40 au domicile du couple, rue d'Hautpoul, entre l'avenue Jean-Jaurès et les Buttes-Chaumont. « Quand je suis sortie promener le chien en début de soirée, je l'ai vu dévaler les escaliers, avec un pompier. Il était livide… », témoigne une habitante du vieil immeuble de pierre, à l'accès protégé par une lourde porte de bois équipée d'un digicode.

C'est en ouvrant la porte – intacte – du logement qu'il occupait au premier étage avec sa compagne, que le jeune homme est tombé sur le corps massacré de Magali Sirotti, à demi dévêtue, la gorge tranchée par une arme blanche. Selon les premières constatations effectuées sur place, la jeune fille pourrait avoir également subi des violences sexuelles. Un point que la brigade criminelle, saisie de l'enquête, ne pouvait encore affirmer hier soir, dans l'attente des résultats d'analyse des prélèvements effectués au cours de l'autopsie.

Les enquêteurs penchaient en tout cas fortement, dès hier, pour l'hypothèse d'un crime sordide et « gratuit ». Hors de proportion, en tout cas, avec le seul vol constaté sur les lieux : le portefeuille de la jeune fille, qui contenait, entre autres, sa carte de crédit.

« Mignonne », « avenante », « polie » sont les qualificatifs qui reviennent le plus souvent dans la bouche des rares habitants du 71 rue d'Hautpoul qui connaissaient, si peu que ce soit, la jeune fille, nièce d'un gardien de la paix du 19e arrondissement. « Ici, vous savez, on vit plutôt en bonne entente. Au point de s'entraider quand il le faut, mais pas de se fréquenter », sourit tristement une habitante.

Pas d'effraction

En l'absence d'effraction, il semble probable que la jeune fille a été suivie jusqu'à son domicile avant d'y être sauvagement agressée. Comment et à quelle heure ? Les enquêteurs n'avaient, hier, pas encore entièrement reconstitué son emploi du temps, sachant simplement que Magali avait terminé ses cours en début d'après-midi.

Certains témoignages, recueillis dans le quartier, feraient état de cris

Histoires vraies – Le fait divers dans la presse

entendus aux environs de 19 heures, soit peu de temps avant que le corps ne soit découvert. Les enquêteurs ne savent cependant quel crédit apporter à ces témoignages. Le quartier est en effet passablement bruyant. Et aucun des voisins les plus proches de Magali ne se souve-
40 nait, hier après-midi, d'avoir vu ou entendu quoi que ce soit mardi soir.

Claudine Proust, Stéphane Joahny, *Le Parisien*, 25 septembre 1997.

Texte 6

SUR LES TRACES DU TUEUR

Les policiers en savent déjà long sur le tueur en série qui sévit depuis trois ans. La science leur a donné un grand coup de main.

Paradoxe de la police moderne : de l'homme qui viole et tue des femmes depuis trois ans dans Paris, les enquêteurs de la Crim' savent
5 presque tout. Ils possèdent ses empreintes digitales et son code génétique. Grâce à un témoignage, ils connaissent son apparence, sa façon de parler et d'aborder ses victimes. Il ne manque que son nom…

Les débuts de l'enquête remontent au 10 décembre 1994. À cette date, un homme violente et égorge Agnès Nijkamp, une architecte d'in-
10 térieur, à son domicile, proche de la rue du Faubourg-Saint-Antoine. Le 16 juin 1995, il s'attaque à une étudiante habitant rue des Tournelles, qui, par miracle, lui échappe. Le 8 juillet de la même année, Hélène Frinting, une autre étudiante, n'a pas la même chance. On la retrouvera tuée de manière identique dans son appartement du faubourg Saint-
15 Martin. Les enquêteurs établissent alors que le tueur en série est un homme d'une trentaine d'années, mesurant entre 1,75 et 1,80 mètre, pesant environ 80 kilos.

Lors de l'agression manquée, il était vêtu d'un blouson bordeaux et portait une lanière de cuir autour du cou. Il s'exprimait correctement,
20 sans accent et se serait appelé « Éric » ou « Flo ». Les enquêteurs savent

même, par une trace ensanglantée recueillie sur une moquette – car il se déchausse – qu'il présente une particularité physique assez peu répandue : le deuxième doigt de son pied est plus long que son gros orteil ; ce que l'on appelle le « pied égyptien ».

Ces pistes prometteuses sont restées sans suite, les empreintes digitales du tueur n'apparaissant pas dans le fichier national des personnes connues. Impossible, donc, de mettre un nom sur le portrait-robot établi grâce à l'étudiante qui lui a échappé – son agresseur l'avait poussée en pénétrant dans son appartement ; il l'avait ensuite attachée, déclarant qu'il était « en cavale » et qu'il ne lui ferait pas de mal… Pendant qu'il montait éteindre une lumière à l'étage supérieur de son duplex, la jeune fille était parvenue à défaire ses liens et à sauter par la fenêtre. Après le 8 juillet 1995 – mort de sa troisième victime – Éric-Flo cesse de faire parler de lui. Les enquêteurs de la Crim' ont émis comme hypothèse, entre autres, qu'il aurait pu regagner un pays du Maghreb.

Le cauchemar a repris le 23 septembre dernier. Une étudiante de 19 ans, Magali Sirotti, est découverte à son domicile de la rue d'Hautpoul (19e arrondissement), toujours dans le quart nord-est de Paris, où le tueur sévit. Le 16 novembre, enfin, ce dernier viole et égorge Estelle Magd, une secrétaire de 25 ans, rue de la Forge-Royale, non loin de la Bastille. Les premiers indices recueillis ont permis d'imputer ces deux nouveaux meurtres à l'homme qui avait mystérieusement disparu pendant deux ans. Les analyses d'ADN en cours doivent, dans la semaine, en apporter la preuve. Mais, en attendant cette confirmation, les policiers ont dû changer de stratégie. Ils espéraient, dans un premier temps, en privilégiant le secret de l'enquête, parvenir à arrêter le tueur sans lui donner l'alarme, ce qui revenait à le neutraliser définitivement. Toutefois, devant la multiplication des crimes, ils ont décidé de rendre l'affaire publique. Une méthode qui peut faire fuir l'égorgeur, mais permet l'apparition de nouveaux témoignages.

Histoires vraies – Le fait divers dans la presse

Une lourde expérience des tueurs en série

Le filet est donc lancé. Et, dans cette traque, la police peut malheureusement se prévaloir d'une lourde expérience des tueurs en série. Outre Francis Heaulme (une dizaine de meurtres) ou Thierry Paulin (21 vieilles dames assassinées à Paris entre 1984 et 1987), ses hommes ont déjà mis fin aux agissements de Mamadou Traoré, un tueur à mains nues (5 agressions dans la capitale), de Patrice Alègre (5 viols et 4 meurtres en France) ou encore de Rémy Roy (4 agressions contre des homosexuels, rencontrés par Minitel).

Avec le dernier tueur en série de Paris, les policiers ne veulent pas prendre de risque ; même s'ils savent que, en diffusant son portrait-robot, ils risquent aussi de crouler sous les faux renseignements.

Laurent Chabrun, *L'Express*, 27 novembre 1997.

Texte 7

LE TUEUR DE L'EST PARISIEN ARRÊTÉ À LA SORTIE DU MÉTRO

Un témoin de l'interpellation : « J'ai vu les policiers le plaquer au sol. »

C'est juste devant le magasin Monoprix du boulevard de Clichy (9e), à quelques mètres de la bouche du métro Blanche, que Guy Georges a été interpellé par deux officiers des unités de recherche de la 2e division de police judiciaire (DPJ), hier vers 12h30. Les policiers avaient reçu la photo du tueur présumé moins d'une heure avant de lui passer les menottes.

« J'étais à mon poste de travail, raconte la pharmacienne du Monoprix. Il n'y avait pas grand monde dans le magasin. Sur le trottoir, devant la porte vitrée, j'ai vu deux hommes arriver en courant et en plaquer un autre au sol. J'ai d'abord cru que c'était une agression, une histoire de drogue. Je me préparais même à appeler la police. Mais quand j'ai vu qu'ils lui mettaient les menottes, j'ai compris qu'ils étaient policiers. »

Repéré à la sortie de la station

« Ils sont entrés dans le magasin, poursuit-elle. Ils cherchaient un coin calme. Je leur ai indiqué le fond du rayon parapharmacie. Ils ont carrément porté l'homme qu'ils venaient d'arrêter. Il avait l'air d'un garçon bien sage, tout gentil. Je crois qu'ils ont vérifié son identité. Et quand il a répondu oui à leurs questions, ils se sont tapés dans les mains. Ils jubilaient! Ils disaient : "On l'a eu! On l'a eu!" Là, j'ai compris que c'était un gros poisson. Mais c'est seulement quand je suis revenue à 14 heures que mes collègues m'ont dit qu'il s'agissait du tueur en série. Je vous assure, j'en tremble encore... »

Jean, blouson foncé et chemise turquoise, Guy Georges, un walkman sur les oreilles, était sorti du métro Blanche, à la frontière du 9e et du 18e, quelques instants plus tôt. C'est là, que les deux policiers de la 2e DPJ l'ont repéré. Pas d'hésitation. La photographie qui leur a été distribuée par la Brigade criminelle en toute fin de matinée correspond trait pour trait. Ils laissent leur suspect traverser le boulevard de Clichy, s'engagent derrière lui et lui sautent dessus.

Surpris, Guy Georges n'a pas le temps d'esquisser la moindre tentative de fuite ou de résistance. Un quart d'heure plus tard, le tueur en série présumé est mis à la disposition des policiers de la Brigade criminelle et du juge Thiel.

La présence d'officiers de la 2e DPJ dans ce secteur, qualifié de criminogène, répondait à un double objectif. La PJ surveille particulièrement cette zone où se trouve Pigalle et ses sex-shops, à la suite d'une série d'agressions. Une surveillance qui a été renforcée avec l'identification du tueur de l'est parisien. On ne cachait pas hier une certaine fierté du côté de la 2e DPJ où l'on faisait remarquer que, malgré la « grève perlée » qui mine la plupart des services de la PJ parisienne, « les gars sont sur le terrain quand il y a des affaires importantes ».

Stéphane Joahny, *Le Parisien*, 27 mars 1998.

Texte 8

« LA DOULEUR A ÉTÉ RECONNUE À SA JUSTE MESURE »

Réactions – Parents et avocats à la sortie du procès-marathon étaient plutôt soulagés. Mais le « mystère Guy Georges » reste intact.

Ghislaine Benady (mère de la victime Elsa) : « C'est très bien. Mais son cas sera réexaminé dans 19 ans, et il ne faut pas qu'il sorte alors. Il faudra être très vigilant, les psychiatres ont été très clairs. Il ne faut pas qu'il s'évade, c'est ça qui me fait peur. C'est vrai que ce verdict va nous faire du bien. Certaines personnes, parmi les parties civiles, avaient besoin de l'entendre. Pourtant, ce procès n'a pas répondu à toutes les questions, puisque Guy Georges lui-même ne sait pas pourquoi il a fait ça. »

Me Solange Doumic (avocate de la famille Escarfail) : « Ce verdict est juste. Cette peine maximale va permettre d'apporter la paix. Guy Georges avait lui-même infligé aux victimes et aux familles des victimes une douleur maximale. C'est un verdict d'apaisement qui montre que la douleur a été reconnue à sa juste mesure. »

Liliane Rocher (mère de la victime Catherine) : « Ce verdict était prévisible. Tout le monde savait Guy Georges coupable, mais on avait besoin d'entendre le président le dire. Je crois que le seul moment de vérité du procès, c'est quand Guy Georges a dit : "Je pisse sur la justice." Le reste, c'est du cinéma. »

Jean-Pierre Escarfail (père de la victime Pascale) : « Je suis sans haine, satisfait que l'assassin de ma fille ait pris le maximum prévu par la loi française. Le verdict fait éclater une vérité que j'avais en moi depuis très longtemps. Maintenant, je vais me battre pour que ces horreurs ne se reproduisent plus. Pour élargir le fichier ADN, un outil indispensable pour lutter contre les délinquants sexuels. Et pour l'instauration d'un contrôle thérapeutique à leur sortie de prison. »

Mes Frédérique Pons et Alex Ursulet (avocats de Guy Georges) : « Tout n'a pas été dit sur ce procès. Il faudrait qu'un débat de société s'instaure sur ces enfants abandonnés si on ne veut plus qu'il y ait de Guy Georges. Il ne se faisait aucune illusion sur le verdict. On en a fait un psychopathe. Il sait que c'est à lui de trouver une solution et de montrer à ceux qui l'ont traité de monstre qu'ils se trompent encore. »

Me Benoît Chabert (avocat de la famille Sirotti) : « Les crimes commis par Guy Georges n'appelaient que la peine maximum prévue par la loi. Pourtant, mes clients m'ont confié que cette peine ne va jamais permettre à leur fille de revivre. Guy Georges n'a pas réellement pris conscience de ce qu'il était. Il lui reste encore un long chemin à faire. »

France-Soir, 6 avril 2001.

Texte 9

LA PERPÉTUITÉ ET DES QUESTIONS À VIE

Verdict hier pour Guy Georges, qui, le matin, avait dit ses désarrois d'enfant.

« Voici le verdict de la cour d'assises de Paris. » Jeudi, 16 h 42, au bout de quatre heures quinze de délibéré, le président Yves Jacob attaque la 42e question sur les 45 posées : « Guy Georges est-il coupable d'avoir commis le 2 juillet 1997 des violences sur Estelle F. ? La réponse est non. La 43ᵉ est donc sans objet. Par huit voix au moins, la cour a répondu oui à toutes les autres questions sur votre culpabilité» : sept assassinats, une tentative d'homicide, un viol et une agression. Bouche ouverte, Guy Georges écoute d'un air résigné la sentence prévisible, se frotte la joue, se gratte la cuisse, machinalement : «Vous êtes condamné à la peine de réclusion criminelle à perpétuité. La cour d'assises a fixé à vingt-deux ans la peine de sûreté.»

«Réelle perpétuité»

En trois minutes, tout est dit. Sans un mot, sans un signe, Guy Georges tourne les talons et quitte les assises. En face du box vide, les familles s'embrassent et se congratulent. Annie F., victime d'un viol nié par Guy Georges, agite ses boucles blondes et retrouve le sourire. «On avait tous besoin d'entendre ce verdict», dit la mère de Cathy Rocher, assassinée en 1994. «Il faut une réelle perpétuité», réclament Chantal et Aldo Sirotti, parents de Magali, tuée en 1997 : «Pour l'agression d'un enfant, c'est trente ans. Pour sept meurtres, c'est vingt-deux.» Gérard Frinking et Georges Bénady, deux pères de victime, font la paix avec les avocats de la défense.

Le matin même, Guy Georges avait insinué qu'il se ferait justice lui-même pour échapper à la peine imposée par la justice des hommes. À 12 h 15, juste avant le délibéré, le président Jacob lui avait donné la parole : «J'ai des choses à ajouter. J'ai écrit…» Tout de sombre vêtu, Guy Georges déplie alors deux feuilles de papier blanc noircies de points d'interrogation et, la voix caverneuse, pose tout haut treize questions existentielles : «Pourquoi mes parents m'ont abandonné? Pourquoi, à 6 ou 7 ans, on m'a ôté mon identité? Pourquoi la Ddass me raconte-t-elle des mensonges quand je recherche mon identité?» Une quête sans fin de ses origines, dès 16 ans.

Frères et sœurs?

Pendant sa plaidoirie, son avocat Alex Ursulet avait exhumé une lettre écrite par le pupille de l'État, à 21 ans, à la Ddass du Maine-et-Loire, avec déjà des questions restées en suspens : «Monsieur le Directeur, je m'appelle Guy Georges, je suis né le 15 octobre 1962 à Angers. À ma naissance, je m'appelais Rampillon. Quelle est l'identité exacte de mes vrais parents? Que sont-ils devenus? Ai-je des frères et sœurs? Pourrais-je les connaître? Je suis en âge de comprendre. Pourquoi m'ont-ils abandonné? Surtout, pourrais-je les retrouver? Pourquoi ai-je changé de nom et comment reprendre mon ancien nom?» Guy Georges attend toujours la réponse, les réponses.

Le visage de plus en plus amaigri, joues creusées, yeux cernés, Guy Georges, qui refuse de se nourrir depuis dix jours, égrène ses griefs, calme, sans vindicte : «Pourquoi ne décide-t-on pas, après ma première peine de prison, de se pencher plus sur mon cas? Pourquoi, en 1982, on m'a mis en prison alors que j'avais rien fait? Pourquoi ai-je été condamné à dix ans de réclusion criminelle à la cour d'assises de Nancy, en 1984, en deux heures et demie, plaidoiries et délibéré compris?»

De barreau en barreau, Guy Georges escalade l'échelle de ses infractions, passe des délits aux crimes, avec autant d'incompréhension : «Pourquoi ma folie meurtrière commence-t-elle en 1991? Pourquoi on ne m'arrête pas en 1995? Pourquoi, quand on m'interroge sur mon CV, on s'arrête à 18 ans et on laisse d'autres que moi raconter les vingt autres années de ma vie? Pourquoi on dit que je suis homosexuel alors que tout démontre le contraire?»

Les mains crispées sur ses papiers, l'homme met en parallèle «Joe the Killer» et «Joe l'Indien» : «Pourquoi je suis devenu ce tueur implacable et sans pitié, diabolique et démoniaque, selon l'avocate générale? Pourquoi alors est-ce que j'aime mes amis, mes petites amies, ma famille? Pourquoi je suis capable de plaisanter et de rire quand je

Histoires vraies – Le fait divers dans la presse

souffre ? » Dans un soliloque improvisé, l'accusé apostrophe alors l'avocate générale : « Vous parliez de moi qu'en noir. J'ai du blanc. » Puis à la cour et aux familles : « Je voudrais dire que j'accepte d'être là, j'assume ce que j'ai fait, mais j'ai une HAINE contre la société. »

Coliques néphrétiques

Guy Georges vient de lancer ce mot « *haine* » comme on crache. « J'ai entendu dire hier que la peine qu'on allait m'infliger, c'était rien. Oui, c'est rien, rien du tout. MOI, je vais m'infliger une peine », lance Guy Georges. Il n'en dit pas plus. L'accusé vient-il de se condamner à mort ? Il reprend sur le temps qui passe, hoche la tête : « Oui, vingt-deux ans, c'est rien. Mais perpétuité, c'est beaucoup. C'est la vie. J'ai 38 ans… ça veut dire, je sortirai jamais de prison. Vous pouvez être tranquille. Mais je ne ferai pas cette peine, je peux vous le dire. » Seul, il décide de son sort. Le ton léger et l'air heureux, « Joe » conte une anecdote : « Mon sourire, c'est le mal que j'ai. Quelqu'un dans la salle qui m'a bien connu m'a vu en pleines coliques néphrétiques, plié en quatre, ça fait très mal. Moi, je plaisantais, je rigolais, et il se demandait "comment tu fais ?" »

Dans la salle, son pote Fabien essuie ses larmes, et sa « *p'tite sœur* » Edwige prend des notes. « Donc, le sourire, c'est pas quelque chose de vrai pour moi. » Guy Georges se tourne vers les trois gardes du GIGN à ses côtés tout au long du procès : « Ça fait un peu fayot, mais je voudrais remercier les gendarmes qui sont avec moi, ils ont été corrects, sans animosité. » Enfin, un dernier mot aux familles, droit dans les yeux : « Quoi qu'il arrive, maintenant, je ne recommencerai jamais. Même si vous ne l'acceptez pas, je vous demande pardon. »

Patricia Tourancheau, *Libération*, 6 avril 2001.

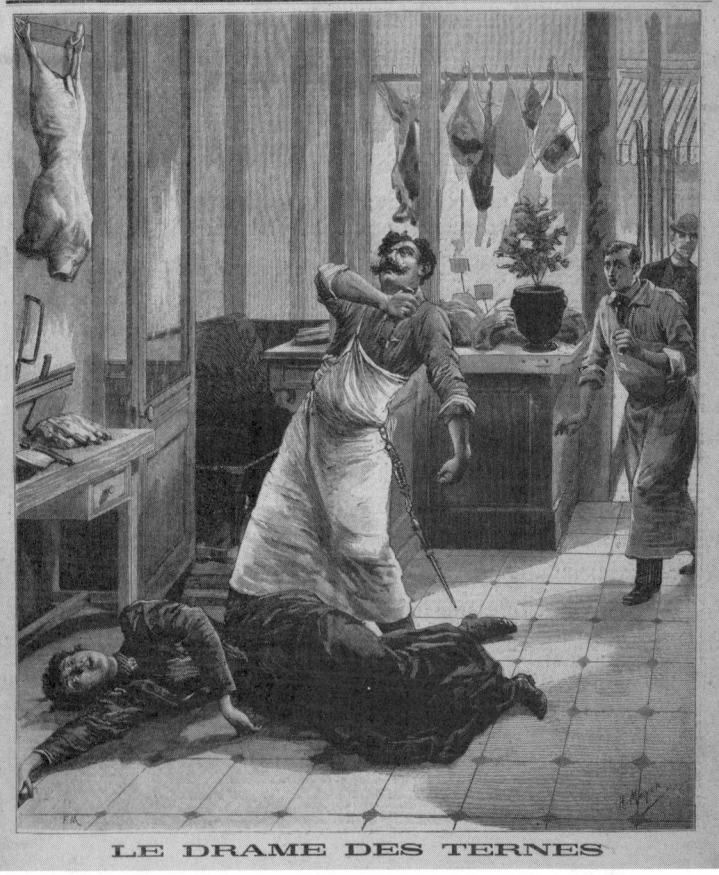

Une du supplément illustré du Petit Journal, *3 juillet 1892,* © Kharbine-Tapabor.

VI. Passions excessives

« Si tu ne m'aimes pas, je t'aime, et si je t'aime, prends garde à toi… »[1]

En France, tous les quatre jours, une femme meurt des mains de son «amoureux». Un pourcentage important de ces meurtres est commis sous l'influence de l'alcool, mais la motivation en est toujours passionnelle : dispute qui dégénère, accès de jalousie, vengeance d'amant(e)s trahi(e)s. La passion amoureuse est la plus «fatale» des passions. «Les gazettes des tribunaux nous racontent chaque année l'histoire de cinq ou six Othello», constate Stendhal dans *Promenades dans Rome*. Constat vérifiable encore, en ce début du XXIe siècle, comme le montrent de récents faits divers largement médiatisés.

La Gazette des tribunaux du 28 décembre 1827 relatant l'affaire Berthet fournit à Stendhal une partie de l'intrigue de son roman, *Le Rouge et le Noir*, dont l'exergue, «La vérité, l'âpre vérité», explique l'intérêt du romancier pour la lecture des faits divers. Stendhal jugeait qu'en France «les grandes passions sont aussi rares que les grands hommes», ce qui explique le choix de l'Italie comme cadre récurrent pour ses récits. Mérimée, lui, choisit l'Espagne pour situer les amours tragiques de Carmen, dont l'assassinat par Don José peut être considéré comme l'archétype du crime passionnel. L'arme du crime également :

---

1. *Carmen*, opéra de Bizet, livret de Meilhac et Halévy, d'après la nouvelle de Mérimée.

même si l'étranglement, l'étouffement, les armes à feu font aussi partie des modes opératoires des meurtriers « par amour », l'arme préférée du jaloux reste le couteau.

Le supplément illustré du *Petit Journal* de la Belle Époque affectionnait particulièrement les meurtres au couteau commis dans des boucheries, le décor sanglant amplifiant l'atrocité du crime de sang (*voir* p. 114).

La tradition s'est maintenue, comme en témoigne le musée du fait divers qui porte le nom de l'un de ses plus fameux illustrateur, Angelo Di Marco, dont on reconnaît le trait dans toute la presse spécialisée : *Radar, Qui police ?* (*voir* p. 160), *Détective* et, récemment encore, dans le quotidien *Libération*.

Au dessin stylisé de l'époque romantique (*voir* p. 139) fait suite le dessin tantôt dramatique, tantôt satirique, de la malheureuse Blanche Monnier après 25 ans de séquestration. Histoire tellement invraisemblable que personne n'y eût cru dans un roman !

Invraisemblable également l'histoire de Natascha Kampusch, disparue en 1998, séquestrée pendant 8 ans dans son propre quartier, près de sa propre famille qui avait renoncé aux recherches. Entre son évasion (24 août 2006) et sa conférence de presse relayée par la presse écrite (7 septembre 2006), elle a occupé les premières pages des quotidiens et magazines européens qui tous ont publié les mêmes photos et les mêmes interviews autorisées par son conseiller en communication.

Histoires vraies – Le fait divers dans la presse

1. CRIMES PASSIONNELS

Texte 1

L'AFFAIRE BERTHET

C'est le 15 décembre 1827 qu'ont commencé les débats de cette cause extraordinaire. Le long travail qu'a dû exiger la relation complète de ces débats, telle qu'elle va paraître dans *La Gazette des tribunaux*, expliquera et justifiera suffisamment un retard de quelques jours. Les dépositions des témoins, les réponses de l'accusé, ses explications sur les motifs de son crime, sur les passions dont son âme était dévorée, offriront aux méditations du moraliste une foule de détails pleins d'intérêt, encore inconnus, et que nous ne devions pas sacrifier à une précipitation inutile.

Jamais les avenues de la cour d'assises n'avaient été assiégées par une foule plus nombreuse. On s'écrasait aux portes de la salle, dont l'accès n'était permis qu'aux personnes pourvues de billets. On devait y parler d'amour, de jalousie et les dames les plus brillantes étaient accourues.

L'accusé est introduit et aussitôt tous les regards se lancent sur lui avec une avide curiosité.

On voit un jeune homme d'une taille au-dessous de la moyenne, mince et d'une complexion[1] délicate ; un mouchoir blanc, passé en bandeau sous le menton et noué au-dessus de la tête, rappelle le coup, destiné à lui ôter la vie, et qui n'eut que le cruel résultat de lui laisser entre la mâchoire inférieure et le cou deux balles dont une seule a pu être extraite. Du reste, sa mise et ses cheveux sont soignés ; sa physionomie est expressive ; sa pâleur contraste avec de grands yeux noirs qui portent l'empreinte de la fatigue et de la maladie. Il les promène sur l'appareil qui l'entoure ; quelque égarement[2] s'y fait remarquer.

---

1. Tempérament.
2. Désordre mental.

Pendant la lecture de l'acte d'accusation et l'exposé de la cause, présenté par M. le procureur général de Guernon-Ranville, Berthet conserve une attitude immobile. On apprend les faits suivants : Antoine Berthet, âgé aujourd'hui de 25 ans, est né d'artisans pauvres, mais honnêtes ; son père est maréchal-ferrant dans le village de Brangues. Une frêle constitution, peu propre aux fatigues du corps, une intelligence supérieure à sa position, un goût manifesté de bonne heure pour les études élevées, inspirèrent en sa faveur de l'intérêt à quelques personnes ; leur charité plus vive qu'éclairée songea à tirer le jeune Berthet du rang modeste où le hasard de la naissance l'avait placé, et à lui faire embrasser l'état d'ecclésiastique.

Le curé de Brangues l'adopta comme un enfant chéri, lui enseigna les premiers éléments des sciences, et grâce à ses bienfaits, Berthet entra en 1818 au petit séminaire de Grenoble. En 1822, une maladie grave l'obligea de discontinuer ses études. Il fut recueilli par le curé, dont les soins suppléèrent avec succès à l'indigence de ses parents. À la pressante sollicitation de ce protecteur, il fut reçu par M. Michoud qui lui confia l'éducation d'un de ses enfants ; sa funeste[1] destinée le préparait à devenir le fléau[2] de cette famille. Mme Michoud, femme aimable et spirituelle, alors âgée de 36 ans, et d'une réputation intacte, pensa-t-elle qu'elle pouvait sans danger prodiguer des témoignages de bonté à un jeune homme de 20 ans dont la santé délicate exigeait des soins particuliers ? Une immoralité précoce dans Berthet le fit-il se méprendre sur la nature de ces soins ? Quoi qu'il en soit, avant l'expiration d'une année, M. Michoud dut songer à mettre un terme au séjour du jeune séminariste dans sa maison. [...]

C'est au mois de juin dernier que Berthet était entré dans la maison Trolliet. Vers le 15 juillet, il se rend à Lyon pour acheter des pistolets ; il

---

1. Tragique.
2. Plaie.

écrit de là à Mme Michoud une lettre pleine de nouvelles menaces; elle finissait par ces mots : *Votre triomphe sera, comme celui d'Aman, de peu de durée*. De retour à Morestel, on le vit s'exercer au tir; l'une de ses deux armes manquait feu; après avoir songé à la faire réparer, il la remplaça par un autre pistolet qu'il prit dans la chambre de M. Trolliet alors absent.

Le dimanche 22 juillet, de grand matin, Berthet charge ses deux pistolets à doubles balles, les place sous son habit et part pour Brangues. Il arrive chez sa sœur, qui lui fait manger une soupe légère. À l'heure de la messe de paroisse, il se rend à l'église et se place à trois pas du banc de Mme Michoud. Il la voit bientôt venir accompagnée de ses deux enfants dont l'un avait été son élève. Là, il attend, immobile… jusqu'au moment où le prêtre distribua la communion… « Ni l'aspect de sa bienfaitrice, dit M. le procureur général, ni la sainteté du lieu, ni la solennité du plus sublime des mystères d'une religion au service de laquelle Berthet devait se consacrer, rien ne peut émouvoir cette âme dévouée au génie de la destruction. L'œil attaché sur sa victime, étranger aux sentiments religieux qui se manifestent autour de lui, il attend avec une infernale patience l'instant où le recueillement de tous les fidèles va lui donner le moyen de porter des coups assurés. Ce moment arrive, et lorsque tous les cœurs s'élèvent vers le Dieu présent sur l'autel, lorsque Mme Michoud prosternée mêlait peut-être à ses prières le nom de l'ingrat qui s'est fait son ennemi le plus cruel, deux coups de feu successifs et à peu d'intervalle se font entendre. Les assistants épouvantés voient tomber presque en même temps et Berthet et Mme Michoud, dont le premier mouvement, dans la prévoyance d'un nouveau crime, est de couvrir de son corps ses jeunes enfants effrayés. Le sang de l'assassin et celui de la victime jaillissent confondus jusque sur les marches du sanctuaire…

« Tel est, continue M. le procureur général, le forfait qui amène Berthet dans cette enceinte. Nous aurions pu, messieurs les jurés, nous dispenser d'appeler des témoins, pour constater des faits qui sont reconnus par l'accusé lui-même; mais nous l'avons fait par respect pour cette philanthropique maxime, qu'un homme ne peut être condamné sur ses seuls aveux. Votre tâche, comme la nôtre, se bornera sur le fait principal à faire confirmer par ces témoins les aveux de l'accusé.

« Mais un autre objet d'une haute gravité excitera toute votre sollicitude, appellera vos méditations. Un crime aussi atroce ne serait que le résultat d'une épouvantable démence, s'il n'était expliqué par une de ces passions impétueuses dont vous avez chaque jour l'occasion d'étudier la funeste puissance. Nous devrons donc rechercher dans quelle disposition morale il a été conçu et accompli ; si, dans les actes qui l'ont précédé et préparé, si, dans l'exécution même, l'accusé n'a pas cessé de jouir de la plénitude de sa raison, autant, du moins, qu'il en peut exister dans un homme agité d'une passion violente.

« Un amour adultère, méprisé, la conviction que Mme Michoud n'était point étrangère à ses humiliations et aux obstacles qui lui fermaient la carrière à laquelle il avait osé aspirer, la soif de la vengeance, telles furent, dans le système de l'accusation, les causes de cette haine furieuse, de ce désespoir forcené[1], manifestés par l'assassinat, le sacrilège, le suicide. »

Alain Berthet, *La Gazette des tribunaux*, 28, 29, 30 décembre 1827.

Texte 2

PROCÈS D'UN DIVORCE « LES PIEDS DEVANT »
Christian Manteau, inspecteur bancaire, nie avoir tué sa femme qui voulait le quitter.

Après s'être effondrée en sanglotant, provoquant une suspension d'audience, la jeune nourrice se reprend, se tourne vers l'accusé et témoigne : « Daniela m'a dit qu'elle lui avait fait part de son envie de le quitter et qu'il lui avait rétorqué qu'elle partirait seule les pieds devants. »

---

1. Furieux, fou de colère.

Histoires vraies – Le fait divers dans la presse

Les trois doigts qui reposent en tremblant sur le rebord du box semblent supporter l'imposante carrure de Christian Manteau. Cet inspecteur bancaire de 45 ans a été jugé pendant cinq jours aux assises des Hauts-de-Seine, à Nanterre, pour le meurtre de sa femme Daniela Salama, 35 ans. Elle a été retrouvée, dans la nuit du 10 octobre 1999 à Boulogne-Billancourt, poignardée quarante-six fois.

Arrogance

Vêtu d'un costume impeccable, le banquier «rigide» et «froid», selon les experts psychiatriques, ne manque pas d'arrogance, incitant l'avocat général à «vérifier les pièces du dossier», apostrophant les témoins à charge, coupant la parole du président.

Cette nuit-là, deux gardiens le trouvent agenouillé près du corps ensanglanté de sa femme dans le parking de leur résidence. Il criait «Daniela», et hurlait : «Pourquoi?»

Dans son box, l'accusé nie encore. Détendu, sûr de lui, il explique qu'ils étaient allés au restaurant, puis au cinéma, et qu'ils étaient rentrés chez eux. Daniela était ensuite allée chercher un CD dans la voiture, quand il a pris conscience qu'«elle n'avait pas la clef pour accéder à l'immeuble». Alors, il est redescendu et a trouvé sa femme étendue dans le sas du parking. Les policiers ont bien révélé un écart de cinq minutes entre le chronométrage de la reconstitution et le témoignage du banquier. Mais pas de preuve formelle. Il est laissé en liberté sous contrôle judiciaire, avec la garde de ses enfants.

Alors que Christian Manteau maintient que leur «couple n'avait pas de difficultés particulières», de nombreux témoignages et la lecture des mails que Daniela envoyait à son ex-mari, Nicolas P., révèlent qu'elle s'apprêtait à divorcer. Le week-end précédant sa mort, cette «belle Italienne» était allée le retrouver à Rome. Poussée par Nicolas P., elle s'est rendue au consulat d'Italie à Paris le 10 novembre 1999 afin de connaître les modalités du divorce et de la garde des enfants. Peu après, elle est allée signer la promesse de vente de leur appartement avec son mari.

Obsèques

Devant la cour, Christian Manteau persiste à affirmer qu'«il n'y avait pas de perspective de séparation». Une conseillère sur les droits parentaux, rencontrée deux jours avant le crime, témoigne : «Christian Manteau est venu car sa femme voulait partir en Italie avec les enfants.» La nourrice, les parents et des collègues de Daniela s'accordent à dire que Manteau est un «homme violent» et «très autoritaire». Les parents de Daniela s'étaient d'ailleurs étonnés à l'époque que leur gendre ne se soit pas rendu aux obsèques de son épouse, justifiant qu'il ne pouvait pas laisser les enfants seuls.

Enfin, la nourrice des enfants a craqué. La jeune femme reconnaît à la barre qu'une réunion de famille entre les parents Salama et la mère de Christian Manteau s'était tenue le lendemain du meurtre. Ils auraient convenu de témoigner que «le couple était sans histoires» afin que Christian Manteau, en garde à vue, puisse «s'occuper le plus rapidement des enfants». «Christian lui faisait régulièrement des chantages au suicide, ou lançait des phrases du genre : "Si tu veux partir avec les enfants, tu ne partiras jamais car je te ferai la peau"», rapporte enfin une amie de Daniela. De lourds témoignages, mais toujours pas de preuve.

Couteau

Le hasard a fait qu'un agent d'entretien retrouve, en mars 2004, à quelques mètres du lieu du meurtre, une paire de ciseaux corrodés dans un bac à sable qui n'avait pas été fouillé. Même si les experts n'ont pas exclu cette éventualité, l'analyse ADN n'a pu établir qu'il s'agissait de l'arme du crime. Puis une expertise des taches de sang retrouvées sur les vêtements que portait Christian Manteau ce 10 octobre semble l'accabler. Ces deux éléments fragiles ont suffi à la justice pour incarcérer le

Histoires vraies – Le fait divers dans la presse

père, le 5 novembre 2004, placer les deux enfants aujourd'hui âgés de 10 et 14 ans, et saisir la cour d'assises.

« Si vous pensez que c'est moi, prouvez-le », avait lancé Christian Manteau lors de son interrogatoire au commissariat. La provocation résume parfaitement la ligne de défense adoptée par son avocat, Me Jean-Yves Liénard. Vingt ans de réclusion ont été requis contre l'inspecteur bancaire.

Pierre Perot, *Libération*, 8 juillet 2006.

2. RAPTS ET SÉQUESTRATIONS

Texte 3

SÉQUESTRATION D'UNE JEUNE FILLE

Il y a quelques jours, le commissaire de police du quartier Saint-Martin reçut une lettre anonyme qui lui donnait avis, dans l'intérêt de l'humanité, qu'un sieur Berthier, aubergiste, rue du Vert-Bois, 59, cédant aux coupables instigations[1] d'une concubine qui exerçait sur lui l'ascendant le plus absolu, tenait depuis plusieurs mois sa fille en charte privée[2] dans son domicile, sa propre fille âgée de 17 à 18 ans.

Le magistrat s'étant aussitôt transporté à l'adresse indiquée, crut devoir tout d'abord faire part au sieur Berthier des bruits fâcheux qui circulaient sur son compte, et l'engagea, pour y mettre un terme, à lui représenter sa fille. Après quelques hésitations de la part de Berthier et de la femme Gonan, sa concubine, que la curiosité avait amenée, cette

---

1. Incitations.
2. Légalement.

femme tirant une clef de sa poche, pria le commissaire de la suivre dans une pièce au premier étage, dont elle ouvrit la porte.

Là, un bien triste spectacle s'offrit à ses regards. […]

Occasionnel de 1840, *Les Canards illustrés du XIXe siècle, fascination du fait divers*, op. cité.

Texte 4

LES DRAMES CACHÉS – LA SÉQUESTRÉE DE POITIERS

« À Poitiers, dans une rue calme et paisible, au nom monacal[1], la rue de la Visitation, vivait, universellement honorée dans la région, une famille de haute bourgeoisie. Mme veuve Bastian[2], née de Chartreux, de lignée poitevine fort aristocratique, habitait là avec son fils, M. Pierre Bastian, ancien sous-préfet de Puget-Théniers, au Seize-Mai. Mme Bastian de Chartreux, âgée de soixante-quinze ans, demeurait dans la maison où elle avait vécu avec son mari, ancien doyen de la Faculté des Lettres de la vieille cité provinciale. Son fils, marié à une Espagnole, de tempérament moins calme que le sien, était revenu seul à Poitiers. Il habitait dans l'immeuble qui fait face à celui de sa mère. Un troisième personnage appartenait à cette famille, une fille, Mélanie, qu'on avait vue enjouée et rieuse jusqu'à l'âge de vingt-cinq ans, et qui, brusquement, avait disparu. Maladie mentale, disait-on. Mme Bastian de Chartreux l'avait internée, dès l'abord, dans une maison de santé, puis, par dévouement, par charité chrétienne, elle la reprenait et la soignait, toute d'abnégation[3], avec le concours d'une vieille bonne, par-

---

1. Fait référence à la vie (austère) des monastères.
2. C'est vraisemblablement par discrétion qu'André Gide, à l'époque, avait substitué aux patronymes et prénoms des principaux acteurs de ce drame des noms de pure invention.
3. Dévouement.

delà les volets clos de la maison douloureuse dont personne ne franchissait plus le seuil. Même, la vieille bonne, Mme Renard, restée quarante ans chez ses patrons, avait obtenu, il y a six ans, sur la demande de M. Pierre Bastian qui, lui aussi, respectueux de son demi-sang bleu, se faisait appeler de Chartreux, une médaille de la Société de l'Encouragement au Bien. Ce fut un prix de vertu qui honora, à la fois, la vieille domestique et ses très vertueux maîtres. Mais la vertueuse Mme Renard mourut, et de nouvelles servantes entrèrent dans la maison, cette étrange maison dont certaine fenêtre était cadenassée dans ses volets, à l'extérieur, et qui, parfois, laissait passer des cris étouffés et lointains. Or, une des bonnes, dans cette sévère demeure, ne dédaignait point de recevoir, la nuit étant venue, un soldat vigoureux, ordonnance d'un lieutenant de la garnison. Ce guerrier, plus apte à manier le plumeau et la brosse à reluire que la baïonnette et le fusil, n'avait pas la discrétion de Mme Renard, et n'ignorait point que les lettres anonymes compromettent peu leurs auteurs. Il en écrivit une. Et par là, le Parquet, servi à Poitiers par une police peu curieuse, apprit : 1° que Mlle Mélanie Bastian n'était point folle; 2° qu'elle était tenue en état de réclusion depuis vingt-quatre années, dans une chambre sordide – la chambre plaintive aux volets cadenassés – dont elle ne sortait jamais et où elle vivait parmi les ordures, la vermine, les vers et les rats, dans l'obscurité la plus complète et presque sans nourriture. Tardivement, ces messieurs de la Magistrature, qui respectaient fort la bien pensante[1] famille Bastian – comme tout le monde la respectait, d'ailleurs – durent prendre de l'émoi[2]. Ils intervinrent, forcèrent la porte et trouvèrent, étendue dans un galetas[3] indéfinissable, la malheureuse créature.

« Les raisons ?... Voici ce qu'on raconte à Poitiers : Mlle Mélanie Bastian, vers sa vingt-cinquième année, aima et se donna. On pense

---

1. Conformiste.
2. Émotion troublante.
3. Logement sordide.

qu'un enfant fut le fruit de ses amours. On croit encore que cet enfant fut supprimé. Et pour punir la pauvre fille de ce que le monde appelle une faute, et surtout pour qu'elle ne parle pas, la pure, l'honorable, l'excellente Mme Bastian de Chartreux enferma, pour jamais, aidée en cela par le silence de son digne fils, la pauvre Mélanie dans le taudis où elle refusa de mourir et où l'on vient de la découvrir, après vingt-quatre ans.

« C'est un drame effroyable, un drame de préjugés, de respectabilité, de vertu exaspérée – une vertu basée sur la convention hideuse – mais ce qui est plus abominable encore, c'est la lâcheté des témoins qui se lèvent en masse aujourd'hui et qui, pendant un quart de siècle, tant qu'il pouvait sembler moins anodin[1] de parler, se sont férocement tus.

« La discrétion, il est vrai, est encore une vertu, et cette vertu-là, exaspérée et lâche, elle aussi, fut, vingt-quatre années durant, la complice criminelle de la cruelle vertu de Mme veuve Bastian de Chartreux et de son fils, le sous-préfet bien pensant. »

La Vie illustrée, 1901, pièce du dossier rassemblé par André Gide, in *La Séquestrée de Poitiers*, © Éditions Gallimard, 1930.

Texte 5

ELLE ÉTAIT SÉQUESTRÉE DEPUIS 1998 À QUELQUES KILOMÈTRES DE VIENNE

Le ravisseur présumé de la jeune fille s'est suicidé.

Une affaire de disparition qui avait tenu l'Autriche en haleine en 1998 est résolue : Natascha Kampusch, 18 ans aujourd'hui, a été découverte errant dans Strasshof, une bourgade située à une vingtaine de kilomètres de Vienne. Elle avait réussi à s'évader du réduit souterrain où elle

---

1. Sans danger.

Histoires vraies – Le fait divers dans la presse

vivait séquestrée depuis huit ans. Son ravisseur présumé, un technicien de 44 ans, s'est suicidé mercredi soir alors que la police était à ses trousses. Lorsqu'elle a été retrouvée, la jeune fille était apparemment en bonne santé.

Une connaissance lointaine

Natascha Kampusch avait été enlevée le 2 mars 1998 sur le chemin de l'école, une camarade de classe avait affirmé qu'elle avait été forcée par un inconnu à monter dans une fourgonnette blanche. Des moyens exceptionnels avaient été mis en place pour la retrouver : plus de 1 000 propriétaires d'une telle fourgonnette furent contrôlés. Parmi eux, Wolfgang Priklopil, un technicien de télécommunications, le ravisseur présumé de la fillette de 10 ans. L'homme était une connaissance lointaine de la famille.

«Il n'y avait pas assez d'éléments concrets contre lui qui auraient justifié un mandat d'arrêt», devait déclarer Erich Zwettler, un des enquêteurs. Les recherches étaient même menées en Hongrie voisine, où la famille de Natascha se rendait régulièrement. Mais c'est à quelques kilomètres de son domicile que la jeune fille était séquestrée.

Un pavillon tranquille

Pour l'heure peu de détails sur ses conditions de détention sont connus, on ignore si elle a été maltraitée ou si son geôlier a abusé d'elle. Natascha vivait recluse dans un réduit de trois mètres sur quatre situé sous le garage du pavillon de banlieue de Priklopil, une maison quelconque, proprette, avec un jardin bien entretenu. La pièce, qui était équipée de WC et d'une salle d'eau, était insonorisée et munie d'une porte blindée. Sur place les enquêteurs ont retrouvé des livres d'enfants, mais aussi de la «littérature actuelle». Natascha avait droit à des journaux et à écouter la radio, ainsi qu'à des programmes télé sélectionnés.

Pas d'antécédent judiciaire pour le présumé ravisseur

Les voisins ne se doutaient de rien, et même la mère de Wolfgang Priklopil, qui venait parfois à la maison pour lui faire la cuisine, dit n'avoir jamais rien remarqué d'anormal. Wolfgang Priklopil qui n'a aucun antécédent judiciaire – un voisin a porté plainte contre lui pour avoir tiré sur des oiseaux avec une carabine – est décrit comme un bricoleur et un homme discret.

Mais des témoins affirment avoir vu récemment l'otage en compagnie de son ravisseur faire des courses dans des supermarchés. Natascha semblait docile ; jamais elle n'avait tenté d'appeler à l'aide. Selon Nikolaus Koch, Priklopil serait devenu récemment moins prudent qu'au début et aurait relâché sa surveillance. Mercredi, il avait oublié de fermer la porte de la prison de Natascha à clé, une aubaine qui lui a permis de s'enfuir.

Course-poursuite

Mercredi soir, voyant arriver la police devant sa maison, le ravisseur présumé prend la fuite au volant de sa BMW rouge. Il réussit à semer ses poursuivants sur le périphérique de Vienne, gare la voiture dans un garage et se réfugie chez un ami. Il lui raconte que la police le recherche après un contrôle d'identité, alors qu'il a bu de l'alcool. Il se fait déposer près de la gare Nordbahnhof à Vienne. À 20 h 59, Wolfgang Priklopil se jette sous un train de banlieue.

Christian Fillitz, *Libération*, 24 août 2006.

Texte 6

NATASCHA RÉUSSIT À S'ÉVADER
APRÈS HUIT ANS DE CALVAIRE

Enlèvement – Huit ans après son kidnapping, une Autrichienne de 18 ans échappe aux griffes de son ravisseur qui s'est suicidé. Elle a vécu enfermée dans un cachot à quelques kilomètres de chez ses parents. Ce dénouement soulève une émotion considérable.

Quelle sorte d'homme faut-il être pour enlever une enfant de 10 ans et la séquestrer pendant des années dans un cachot sordide au sous-sol de son pavillon ? Un détraqué, forcément. Mais Wolfgang Priklopil n'a pas eu le courage de s'expliquer sur le calvaire qu'il a fait endurer à une jeune fille durant huit longues années. Avant-hier soir, cet Autrichien de 44 ans s'est jeté sous un train après avoir découvert que son otage s'était enfuie de son pavillon de la banlieue de Vienne. Ce mercredi, une adolescente au teint pâle et amaigrie avait mis fin à une douloureuse énigme criminelle en prononçant quatre mots : « Je suis Natascha Kampusch. » Quatre mots pour une résurrection. Les parents de Natascha étaient sans nouvelles de leur fille depuis 1998, jour où elle avait été kidnappée dans une fourgonnette blanche.

Cet enlèvement, qui avait bouleversé l'Autriche, connaît donc un dénouement totalement inattendu. Un dénouement heureux, car la petite n'est pas morte, mais aussi une plongée dans l'horreur de la séquestration. Le père de Natascha s'est effondré en sanglots en apprenant que sa fille était vivante, miracle auquel plus personne ne voulait croire. Sa mère confiait hier : « Je suis fière de mon enfant. Nous sommes tombées dans les bras l'une de l'autre, je l'ai reconnue à sa façon d'être. J'ai toujours cru qu'elle était en vie. » L'adolescente, en relative bonne santé intellectuelle et physique, porte la même cicatrice que l'enfant volatilisée en 1998 et son passeport a été retrouvé chez son ravisseur. Les tests ADN confirmeront cette certitude : il s'agit bien de Natascha Kampusch.

« Des oubliettes »

Dans les heures qui viennent, Natascha va raconter ses interminables années de captivité dans un misérable cachot. « Des oubliettes », comme l'ont dépeint les journalistes autrichiens devant les photos de la prison souterraine. On ne sait pas encore si Natascha a subi des mauvais traitements ou des sévices sexuels. Comment cette enfant devenue une jeune femme va-t-elle survivre à ce huis clos passé entièrement coupée du monde ? Comme nombre d'otages, Natascha a fini par s'attacher à son ravisseur, à s'identifier à lui, allant jusqu'à s'inquiéter de son sort après son évasion. Selon les psychiatres, il faudra du temps pour qu'elle puisse revivre normalement. Il y a aussi un risque qu'elle conserve des séquelles[1] psychologiques.

Jusqu'alors, un seul cas similaire est connu. Au Japon où une fillette de 9 ans a réapparu en 2000, neuf ans après son enlèvement. En France, l'histoire de Natascha a provoqué un électrochoc dans les familles d'enfants disparus. « Il ne faut jamais rien lâcher », confie le père d'Estelle Mouzin, volatilisée début 2003. « J'en ai eu des frissons. Un tel dénouement montre que l'on peut garder espoir, même après tant d'années », réagit Annie Gourgue, présidente de la Mouette, association de protection de l'enfant. Il faut aussi des miracles comme Natascha pour maintenir une lueur d'espoir chez les parents confrontés à de telles tragédies.

Geoffroy Tomasovitch, *Le Parisien*, 25 août 2006.

---

1. Conséquences.

Histoires vraies – Le fait divers dans la presse

Texte 7

« LA VICTIME EST COMME SUBJUGUÉE PAR SON RAVISSEUR »

Professeur Charles-Siegfried Peretti, psychiatre à Saint-Antoine (Paris 12e)

Le professeur Charles-Siegfried Peretti soigne des blessés psychiques à la consultation de psychotraumatisme de l'hôpital Saint-Antoine. Un service pionnier créé en 1987 juste après l'attentat de la rue de Rennes. Ce spécialiste du syndrome de Stockholm, un phénomène psychique qui incite les victimes à manifester de la sympathie pour leur bourreau, analyse le cas de Natascha Kampusch.

Que vous inspire le cas de cette jeune fille ?

Professeur Charles-Siegfried Peretti. C'est une histoire exceptionnelle, d'abord parce que la jeune fille a été captive très longtemps, ensuite parce qu'elle l'a été pendant une période clé : l'adolescence, le passage de l'enfance à l'âge adulte. Elle a vécu sous l'emprise d'un homme qui a usurpé la place des parents dans une relation qui reposait sur un mensonge. Car, pour pouvoir garder toutes ces années son emprise sur elle, le ravisseur lui a sûrement raconté des histoires. Par exemple que ses parents étaient morts, ou qu'elle était punie parce qu'elle avait mal agi... C'est sur ces bases faussées que cette fillette a dû se construire.

Détestait-elle cet homme ?

Non, sans doute pas... Dans un huis clos absolu comme celui-là, un lien affectif se développe forcément. Pendant la moitié de la vie de cette enfant, cet homme a été son seul lien avec l'humanité. Tout ce que peut apporter une famille à un enfant – l'affection, l'équilibre – a fait défaut. Il est donc probable qu'elle ait subi le syndrome de Stockholm : la victime adopte un jugement déviant sur les actes que son ravisseur lui impose ou sur des actes que la morale réprouve. La victime est comme hypnotisée[1], subjuguée[2], séduite par son ravisseur. Séduite au sens étymologique du terme : *se ducere*, en latin, « amener à soi ». Et là, il l'a amenée à lui tellement longtemps qu'elle a dû être totalement séduite.

Mais alors pourquoi a-t-elle fini par fuir ?

On peut très bien imaginer qu'elle ait eu une prise de conscience partielle du mensonge, ou qu'il ait été violent avec elle, qu'à un moment il n'ait pas eu tout contrôle. Et puis, si elle faisait parfois des courses avec lui en ville, elle a pu s'apercevoir que d'autres gens ne vivaient pas comme elle, et vouloir voir comment c'était dehors.

Va-t-elle s'en sortir ?

C'est difficile à dire. Il faut de toute façon qu'elle s'engage dans une longue psychothérapie. Elle doit verbaliser[3] tout doucement ce qu'elle a vécu, et réaliser que les valeurs qui ont été construites pendant des années ne sont pas normales. En plus, elle doit faire le deuil de son ravisseur avant de pouvoir éprouver à nouveau de l'amour pour ses parents.

Quelles traces va laisser ce long kidnapping ?

Elle aura, évidemment, des séquelles importantes : crise émotionnelle, d'angoisse, voire dépression. Ce sera dur aussi pour ses parents. Ils devront accepter qu'elle est devenue adulte, qu'ils ont raté toute une partie du film. Accepter aussi qu'elle vive avec une cicatrice invisible mais qui pourra se manifester à tout moment, par des réactions bizarres, violentes parfois. Il ne faudra pas qu'ils la surprotègent. Ce dont elle aura besoin, au contraire, c'est du contact des autres.

Comment voyez-vous son avenir ?

Le scénario optimiste, c'est qu'elle ait encore assez de ressources naturelles pour redonner un sens à sa vie, ce qui peut prendre deux ou trois ans. Le scénario pessimiste, c'est celui du repli sur soi, de la pérennisation[4], du

---

1. Fascinée.
2. Conquise.
3. S'exprimer par le langage articulé.
4. Prolongement durable.

Histoires vraies – Le fait divers dans la presse

trouble et de la psychose. Au point de vue sexuel, sa relation aux hommes
sera sans doute perturbée. On ne sait pas si elle a subi des sévices, mais, si
c'est le cas, il y a un risque soit qu'elle refuse tout contact avec les hommes,
soit qu'elle développe une perversion sexuelle.

Propos recueillis par Hélène Bry, *Le Parisien*, 25 août 2006.

Texte 8

L'ÉTONNANTE NATASCHA A DÉJÀ DES PROJETS

Rapt – Une semaine après avoir mis fin à huit ans de séquestration, Natascha commence sa nouvelle existence au secret. Tout le monde attend la première apparition et les premiers mots publics de cette jeune fille qui a déjà envie d'étudier et de travailler.

L'Autriche est suspendue aux lèvres de Natascha Kampusch. La jeune fille séquestrée pendant huit ans et demi et retrouvée le 23 août après avoir échappé à son ravisseur tient tout son pays en haleine, et même au-delà. Son nom sonne ici comme celui d'Estelle Mouzin ou de Marion Wagon en France. Peut-être encore davantage puisque sa disparition, le 2 mars 1998, était l'unique cas de disparition d'enfants non élucidée dans ce pays de 8 millions d'habitants. Elle avait 10 ans. Les plus vastes recherches de l'histoire de l'Autriche ont été menées. En l'absence de résultats tangibles, le dossier n'avait jamais été clos. À plusieurs reprises même, aiguillés par de nouveaux indices, les enquêteurs ont creusé, interrogé des suspects. La veille de sa réapparition, ils entamaient de nouvelles fouilles près de Vienne.

Une semaine après, celle qui est devenue une jeune fille est toujours tenue à l'écart dans un endroit gardé secret. Les médias du monde entier attendent les premières paroles de Natascha. Les plus grands psys se demandent comment elle va retrouver une vie normale. Son cas est presque unique au monde. Tous les Autrichiens sont d'ailleurs accros[1] à cette histoire. Selon un sondage réalisé le 29 août et repris par l'Agence de presse autrichienne (APA), ils sont 84,3 % à la suivre au jour le jour. 90 % d'entre eux veulent voir Natascha et plus de la moitié souhaite en savoir davantage sur sa vie de captive, dans son cachot.

Pour le moment, elle ne veut plus voir son père

« Natascha a conscience de tout cela, assure le chef de la police fédérale. Elle parlera. Mais elle n'a pas dit quand, ni de quelle manière. » Ni si elle acceptera les sommes d'argent les plus folles proposées par certains médias pour avoir l'exclusivité de ses premiers mots. Si elle se livre, elle apportera peut-être des réponses aux questions que tout le monde se pose. Qu'a-t-elle fait pendant ces huit années de captivité, à quoi ressemblaient ses journées ? Quelle relation entretenait-elle avec son ravisseur, Wolfgang Priklopil, celui qui l'a « portée à bout de bras tout en *(la)* foulant aux pieds », selon ses propres mots rapportés par son psychiatre ? A-t-elle tenté de lui échapper avant ce mercredi où elle a profité d'une inattention de sa part pour se réfugier chez une voisine ?

Ce calvaire a pris fin il y a une semaine et si sa nouvelle vie commence à peine, Natascha a déjà des projets. Cependant personne ne sait de quoi son avenir sera fait, ni quelles relations elle entretiendra avec ses parents, séparés depuis qu'elle les a quittés. Tenue à l'écart de ses proches, elle a « décidé pour le moment de ne plus voir son père », rapportaient hier les psychiatres. Selon un quotidien autrichien, lors de leur première rencontre, Natascha lui aurait reproché de ne pas avoir versé les 13 millions de schillings (940 000 €) que le ravisseur aurait exigés. Ce que Wolfgang Priklopil lui aurait laissé croire.

Sur le kidnappeur, le mystère reste entier depuis son suicide. Les rares témoignages à son sujet n'ont guère permis de mieux cerner la person-

---

1. Dépendants, comme d'une drogue.

nalité de ce solitaire. Les fouilles de sa maison ont cessé hier, mais rien n'a filtré sur les éventuels indices que les enquêteurs ont pu réunir.

Émeline Cazi, *Le Parisien*, 1er septembre 2006.

Texte 9

L'AUTRICHE SUSPENDUE AU RÉCIT DE NATASCHA

La jeune fille séquestrée pendant huit ans est apparue et a parlé en public et à visage découvert pour la première fois.
Extraits des interviews de Natascha à la chaîne ORF et aux journaux News *et* Kronenzeitung.

Ce qu'elle a fait ces derniers jours

Hier et avant-hier, j'ai vu ma mère. Et pour la première fois ma petite sœur, Sabine. […] Les premières nuits, on voulait absolument que je dorme. Les gens ne comprenaient pas pourquoi j'étais encore en pleine forme à 4 heures du matin. Je les ai convaincus que je réglerais ça toute seule, sans somnifères. Je suis aussi sortie faire des courses. Je suis allée manger une glace. Incognito, avec le docteur B. Je portais des lunettes de soleil et un foulard. On a pris le métro. C'était génial de sourire aux gens. (ORF)

Ce qu'écrivent les journaux

Ce qui me contrarie le plus? Eh bien… Par exemple, ce sont les contre-vérités que j'ai pu lire. Qu'il aurait abusé de moi… Et puis ces photos de ma cache. Cela ne regarde personne. Moi, je ne vais pas regarder dans la chambre à coucher des gens. Pourquoi faut-il que les gens, quand ils ouvrent le journal, se retrouvent dans ma chambre? […] Oui, j'écrirai peut-être un livre sur mon histoire. Mais je ne veux en aucun cas que quelqu'un d'autre se proclame expert de ma vie. Si quelqu'un écrit, ce sera moi! (ORF)

Son séjour à l'hôpital de Vienne

Le docteur Friedrich [son pédopsychiatre[1], *ndlr*] est quelqu'un de bien. Il est très intelligent et il sait toujours très précisément ce que je pense. Mes avocats et mon conseiller médiatique m'aident aussi du mieux qu'ils peuvent. Je les accepte, ils m'acceptent. Ils sont tous OK. Du moins la plupart... Car il y a eu un petit désaccord entre mon avocat et le professeur Friedrich : le premier voulait que je quitte l'hôpital, l'autre non. J'ai dû intervenir pour aplanir cette dispute. (*News*)

La liberté

En dehors du fait que j'ai aussitôt pris froid et attrapé un rhume, je vis maintenant à peu près normalement. Je me suis très rapidement mise à la vie sociale. C'est étonnant comme c'est allé vite. Je vis maintenant avec d'autres gens, et ça ne pose aucun problème. (*News*)

La captivité

Je me suis sans cesse posé la question de savoir pourquoi c'était justement à moi, parmi des millions d'autres, que cela est arrivé. Et j'avais toujours cette pensée : je ne suis pas venue au monde pour me faire enfermer et détruire. Cette injustice me désespérait. Je me sentais comme un poulet en batterie. Vous avez sans doute vu les images de ma cache à la télévision. Vous savez comme elle était petite. (*News*)

Après six mois, j'ai pu sortir de ma cache et monter pour me laver. [...] Au bout de deux ans, j'ai pu regarder les informations. Il y avait aussi les journaux. D'abord que les hebdomadaires, ensuite des quotidiens. [...] Nous avons fêté les anniversaires, Noël, Pâques. Je le forçais à les fêter avec moi. Et il m'a offert beaucoup de choses. Des œufs de Pâques, des cadeaux de Noël. (ORF)

Je montais tous les jours. Il y avait toujours quelque chose à faire avec

---

1. Médecin spécialiste des maladies mentales de l'enfant.

lui : des petites occupations du quotidien. Mais après j'étais toujours renvoyée en bas. Quand il partait pour la journée, quand sa mère venait passer le week-end. Toujours, je devais redescendre dans ma cache. (*News*)

Priklopil, son ravisseur

J'avais le choix entre être seule ou en sa compagnie. Vous ne devez pas trop m'interroger sur M. Priklopil, parce qu'il ne peut plus se défendre. Attaquer un mort, ce n'est pas très beau, surtout à cause de sa mère. [...] J'ai eu de mauvaises pensées aussi. Parfois, j'ai rêvé de le décapiter si j'avais eu une hache. (*News*)

Nous étions aussi forts l'un que l'autre. C'est ce qu'il disait. En fait, je pense que j'étais plus forte que lui. Il avait une personnalité instable. [...] Il lui manquait l'assurance. Cela a été clair pour moi dans les heures qui ont suivi mon enlèvement. Quelque chose lui manquait. (ORF)

Ses parents

Oui, j'aime mes parents. Quelqu'un a fait courir le bruit qu'il y aurait des disputes. Ce n'est pas vrai [...]. Pour ma famille, la situation était bien pire que pour moi. Ils croyaient que j'étais morte. [...] C'était désespérant. J'avais l'impression d'être déjà rayée de chez les vivants. J'étais convaincue que plus personne ne partirait à ma recherche et qu'on ne me retrouverait jamais. (*News*)

Ses projets d'évasion

À 12 ans déjà, j'en rêvais : je me disais qu'à 15 ans, quand je serais assez forte pour cela, je pourrais m'évader de ma prison. J'ai toujours pensé au moment où il serait temps. Mais je ne pouvais prendre aucun risque, surtout pas dans une tentative de fuite. Il était fortement paranoïaque[1] et d'une méfiance chronique. Une fuite manquée, c'était le

---

1. Qui manifeste une inquiétude et une méfiance excessives pouvant aller jusqu'à des troubles du comportement.

risque de ne plus jamais pouvoir sortir de ma cache. Je devais m'assurer qu'il était en confiance. C'est à 12 ans que je me suis pour ainsi dire fait cette promesse. J'ai promis à mon futur moi que jamais je ne perdrais de vue la pensée de la fuite. (*News*)

Les voisins qui les virent ensemble

Je savais que je ne pouvais pas me permettre la moindre erreur. C'était le cas lors de la rencontre avec M. Jantschek [voisin de Priklopil, *ndlr*]. Vous devez imaginer la scène. Je n'avais pas le temps. Il m'aurait immédiatement attrapée, étranglée et il aurait tué monsieur Jantschek. C'était bien trop risqué. (*Krone*)

Le 23 août

J'ai simplement couru à travers les jardins ouvriers et j'ai sauté par-dessus plusieurs barrières, j'ai tourné en rond, complètement paniquée, pour trouver quelqu'un. J'ai d'abord sonné à une porte mais cela n'a pas fonctionné, ensuite j'ai vu qu'il y avait quelqu'un dans la cuisine. Mais la dame ne m'a pas laissée entrer. Sur le coup, ça m'a choquée. Mais on peut la comprendre… Laisser entrer une étrangère dans cette petite maison, avec son mari malade. Je ne pouvais pas me cacher derrière un buisson. J'avais peur que cet homme tue cette femme, me tue moi, ou toutes les deux. (*Krone*)

Son image et les médias

Dès que j'étais installée dans la voiture de police, j'ai demandé une couverture aux agents de police pour que l'on ne voie pas mon visage et que personne ne puisse faire une photo de moi… et ensuite vendre l'image. (*Krone*)

Et maintenant ?

Ce que j'envisage ? Des tas de choses, sans doute. Quand on a le passé que j'ai, on envisage d'abord ce qu'il y a de plus immédiat : je veux

Histoires vraies – Le fait divers dans la presse

m'immuniser contre un tas des choses. D'abord contre la grippe.
Comme vous le voyez, je suis très enrhumée. Cela ne serait pas arrivé si j'étais vaccinée. Voilà, ce n'est là qu'un exemple de mon futur. (*News*)

Ses projets

J'ai deux projets : l'un pour des femmes au Mexique, enlevées, torturées et violées, et un autre pour les gens qui ont faim en Afrique. Parce que je sais par expérience ce qu'est la faim. Quelle humiliation cela représente. Mon futur métier ? Je suis encore très ouverte. De la psychologie au journalisme, en passant par le droit, je peux m'imaginer beaucoup de choses. J'ai toujours voulu devenir actrice, parce que je me suis toujours intéressée à l'art. (*News*)

Libération, 7 septembre 2006.

Bois de Garson, Paris, feuille imprimée vers 1832.

Mandrin et ses ballots de tabac, occasionnel, 1755, © Kharbine-Tapabor.

Histoires vraies – Le fait divers dans la presse

VII. Ennemis publics n° 1

« C'est le plus grand des voleurs… oui, mais c'est un gentleman… »[1]

Qui ne connaît Arsène Lupin, avatar moderne de Robin des Bois[2], l'archétype du brigand bien-aimé qui vole les riches pour donner aux pauvres ?

Dans la même lignée de hors-la-loi populaires, on trouve, au XVIIIe siècle (1754-1755), Louis Mandrin, chef des contrebandiers. Sa cible préférée étant les fermiers généraux, chargés de récupérer les taxes, il bénéficiait du soutien du peuple, accablé d'impôts, qui voyait en lui un justicier. En plus d'une immense fortune, il s'était constitué au fil des années une armée de plus de deux cents hommes qui défiait les régiments du roi, sous leur uniforme de « Mandrins » (habit gris clair et manteau rouge). Il fallut cinq cents soldats du roi de France pour le capturer, le 10 mai 1755, en Savoie (alors territoire étranger) et le ramener pour être jugé à Valence deux semaines plus tard (*voir* illustration ci-contre).

« Il fallut un siège en règle, plusieurs heures de fusillade, il fallut employer la dynamite pour faire sauter le garage de Choisy-le Roi où s'était réfugié le monstre… », ainsi *Le Petit Journal* relate-

---

1. Refrain d'une chanson écrite par J. Lanzman et interprétée par J. Dutronc à la gloire d'Arsène Lupin, personnage inventé par M. Leblanc.
2. Traduction inexacte de *Robin Hood* (*hood* = « capuche ») et non pas *Robin Wood* (*wood* = « bois »).

t-il l'arrestation-exécution de Jules Bonnot (12 mai 1912). Comme Mandrin, Bonnot et sa bande allaient chercher l'argent là où il se trouvait : dans les coffres des banques et les mallettes des encaisseurs. « La fin du bandit » sous l'œil des caméras et d'un public nombreux venu assister à la curée entraîna une large réprobation pour le travail du policier-justicier, réglant ses comptes personnels au lieu de remettre le criminel entre les mains de la justice républicaine.

Les mêmes sentiments ambigus et contrastés se lisent dans les quotidiens le lendemain de l'arrestation-exécution de Jacques Mesrine, le 3 novembre 1979. Le journal d'extrême droite *Minute* titre « ENFIN ! ». Le quotidien de gauche *Libération* (qui avait interviewé Mesrine deux ans plus tôt) titre « Assassinat » et assortit son compte-rendu d'un article relatant la conférence de presse des policiers. *Le Figaro*, lui, fait l'historique de la « cavale » d'un homme seul sous le titre « Le roman noir d'un ennemi public ».

Comment devient-on ennemi public ? Un ancien truand, René Girier, qui opérait « proprement » en témoigne après s'être « converti à l'honnêteté sur le tard ».

Histoires vraies – Le fait divers dans la presse

1. LOUIS MANDRIN, CHEF DES CONTREBANDIERS

Texte 1

TROISIÈME RELATION DE MANDRIN, CHEF DES CONTREBANDIERS

De Valence, le 28 mai 1755.

Mandrin fut éxécuté Lundi ; & s'il s'est rendu fameux par ses Brigandages & par ses courses en qualité de Chef des Contrebandiers, il a terminé sa vie avec cette même fermeté & cette
5 intrépidité, qui l'a fait admirer ; mais elle avoit changé d'objet, la Religion ayant enfin pris le dessus chez lui. Le Père Gasparini, Jésuite, Italien de naissance, qui demeure au College de Tournon, se trouvoit ici. M. l'Évêque de Valence, qui a pour ce Religieux une estime particuliere, le pria de voir Mandrin dans la prison, & M. Levet y joignit même ses
10 instances. Le Père Gasparini s'y rendit aussi-tôt, & commença par faire des complimens à Mandrin de la part d'un Particulier de Tournon à qui il avoit sauvé la vie, lorsque les Contrebandiers le prenant pour un Garde voulurent le tuer, & qui lui avoit envoyé depuis qu'il étoit en prison du vin & des pigeons. Après ces complimens, il entâma le discours
15 sur l'état où il se trouvoit ; l'air étranger qu'a le Père Gasparini & sa façon de parler plurent à Mandrin. Il lui dit : « Je suis condamné à mort par mes sept Juges, je vois qu'il n'y a plus de ressource, je veux me confesser à vous. » On fit retirer aussi-tôt celui qui le gardoit à vue, & il commença sa confession, qui dura d'abord une bonne heure. Le lende-
20 main, jour de l'exécution, on vint lui lire sa Sentence, & il l'écouta d'un sang froid qui étonna tous les Assistans ; il dit ensuite à M. Levet, « je vous prie de m'envoyer le Père Gasparini pour achever ma confession,

avant que de me faire mettre dans les tourmens[1]. » Le Père Gasparini arriva, & resta seul avec lui depuis 8 heures jusqu'à 10, qu'il lui donna l'absolution[2] : il lui avoit dit la veille, qu'il ne pouvoit l'accompagner sur l'échafaut[3], parce qu'il ne pourroit retenir ses larmes, en le voyant pleurer ; Mandrin lui promit qu'il ne pleureroit pas, & lui a tenu parole. Après sa confession on le présenta à la torture, seulement pour la forme, ayant dit auparavant tout ce qu'on souhaitoit de lui. Dans toutes les confrontations qu'il essuya, appliqué à la question, il répondit avec un jugement aussi solide que dans ses autres réponses. Il avouoit les faits, mais à la décharge de ceux qui lui étoient confrontés, il y en eut un entr'autres qui lui avoit servi de guide, & qui désavouoit avoir reçu quatre Louis que Mandrin lui avoit donnés. « Tu fais bien, lui dit Mandrin, de soutenir que tu n'as pas reçu les 4 Louis ; je te forçai à les prendre, en te les laissant sur la table, après te les avoir présentés vingt fois inutilement. Je t'avois pris pour me servir de guide dans la route que je voulois tenir ; & quoique tu me protestasses que tu ne la sçavois pas, je te gardai. » La question finie, il demanda de la signer, prit une chaise, s'assit ; & sans changer de visage, sans trembler, il signa. Après avoir signé, il adressa la parole à M. Levet, & lui dit : « Monsieur, dans la vivacité des interrogations & des confrontations, je puis avoir dit quelque chose de mal, j'ose vous assurer que c'est sans intention, & je vous supplie de me le pardonner. » Il parla ensuite au nommé *Saint-Pierre*, le même qui fut pris avec lui au Château de Rochefort, & le dernier qui lui fut confronté. *Saint-Pierre* pleuroit, Mandrin lui dit : « Cesse de pleurer, mon cher ami, emploie mieux un temps précieux. Je vais au supplice aujourd'hui, peut-être me suivras-tu de près, peut-être aussi seras-tu plus heureux ; mais dans l'incertitude songe qu'il y a un Dieu

---

1. Tortures (s'écrit aujourd'hui *tourments*).
2. Dans la liturgie catholique, pardon des péchés par le prêtre après la confession.
3. Estrade sur laquelle sont conduits les condamnés pour y être suppliciés ou exécutés (s'écrit aujourd'hui *échafaud*).

Histoires vraies – Le fait divers dans la presse

qui ne laisse aucun crime impuni. » Le Père Gasparini fut encore seul avec lui depuis 11 heures jusqu'à une heure après midi, qu'on vint le prendre pour le conduire au supplice. Voyant au sortir de la prison que diverses personnes pleuroient, il dit qu'il ne falloit pas pleurer pour lui, mais pour les crimes qui l'avoient fait condamner, & qui méritoient véritablement des larmes. Il demanda pardon aux Réligieux & aux Prêtres du peu de respect qu'il avoit eu pour eux, en arrivant à la Cathédrale, où il fit amende honorable[1] comme Criminel de lèze Majesté[2] au second chef. Il étoit pieds nuds, mais cela ne l'empêcha pas de marcher avec assurance, & il monta de même sur l'échafaut. Toutes les Troupes étoient sous les armes, formant une triple ligne en rond, & il y avoit derriere une foule inombrable de Spectateurs, outre ce qui se trouvoit aux fenêtres des Maisons, & jusques sur les toits. On comptoit ce jour-là dans Valence plus de 4 000 étrangers. Arrivé sur l'échafaut, il dit à la jeunesse de prendre exemple à lui, & s'assit avec fermeté sur la croix : il défit lui-même les boutons de ses manches, & demanda aussi pardon aux Employés, & se recommanda aux prieres des Pénitens qui l'avoient accompagné. Son Confesseur & deux des plus notables de la Confrerie étoient sur l'échafaut pour l'exhorter à souffrir patiemment, il les édifia par sa résignation. Il reçut huit coups vifs sur les bras & sur les jambes & un sur l'estomac. Il devoit expirer sur la roue ; mais à mesure que le Bourreau alloit descendre de l'échafaut, M. Levet envoya ordre de l'étrangler, ayant été prié par M. l'Évêque & par toutes les personnes de considération de la Ville d'adoucir son supplice. Sa prédiction sur son camarade a été accomplie *Saint-Pierre* fut roué hier après avoir été étranglé. Un curieux avoit fait venir de Lyon le Sr. Treillard, Peintre, pour faire le portrait de Mandrin avec cette fierté qu'il a toujours marquée dans les fers, & qu'il a conservée jusques sus l'échafaut ; mais il ne vint

---

1. Aveu public de ses fautes.
2. Ayant commis un crime qui porte atteinte à la personne ou à l'intérêt du souverain.

qu'hier, & fut obligé d'aller aux fourches[1], où son corps avoit été porté pour servir d'exemple. Cependant ce Portrait est fort rescemblant, & on ne tardera pas de le graver à Lyon. Mandrin n'avoit que 29 ans. Il ne se trouvoit sur lui, lorsqu'on le sortit des prisons pour le conduire à la mort, que 6 livres, il les donna au Père Gasparini pour faire prier Dieu pour son ame; il a disposé des Obligations qu'il avoit en Savoie, en faveur de sa Sœur. On continue d'amener ici des gens de sa Troupe, & il y en a déjà plus de cent dans les prisons, qu'on va juger incessamment.

Le Courrier d'Avignon, 28 mai 1755.

2. JULES BONNOT

Texte 2

LA FIN DU BANDIT

Il fallut un siège en règle, plusieurs heures de fusillade, il fallut employer la dynamite pour faire sauter le garage de Choisy-le-Roi, où s'était réfugié le monstre, pour qu'on pût enfin l'approcher. Et là, lorsqu'on parvint jusqu'à lui, on trouva Bonnot roulé dans un matelas, le revolver au poing, faisant tête encore à ses assaillants. Plusieurs balles tirées par M. Guichard, chef de la sûreté, et son frère, M. P. Guichard, commissaire de Police des Halles, eurent raison du malandrin[2]. Et cette fin du bandit fut un véritable cauchemar. Bonnot avait été atteint par plusieurs projectiles. Il avait reçu quatre balles dans la tête, une dans la poitrine, une sixième au bras. Cinq de ces blessures étaient mortelles; et cependant le bandit survécut

---

1. Gibet constitué de deux fourches (« patibulaires ») sur lesquelles on plaçait une traverse pour y suspendre les suppliciés.
2. Bandit.

Histoires vraies – Le fait divers dans la presse

près de trois quarts d'heure après le moment où on s'empara de lui. Ne trouve-t-on pas, dans cette étonnante puissance de vitalité, un rapport singulier avec cette énergie farouche et meurtrière dont le monstre semblait receler en lui d'inépuisables ressources ?

Le Petit Journal, 12 mai 1912.

3. RENÉ GIRIER, DIT « RENÉ LA CANNE »

Texte 3

ENNEMI PUBLIC
René la Canne
Témoignage d'un ancien truand qui opérait « proprement ». Une morale pas forcément partagée par tous.

Je me suis converti à l'honnêteté sur le tard. Jusqu'à l'âge de trente ans, j'ai braqué des banques, des fourgons, des usines et j'en passe. Puis, j'ai joué sincèrement le jeu de la légalité. J'ai monté des entreprises, tenté à mon tour de réinsérer de jeunes délinquants. Durant trente ans j'ai attendu qu'on me reconnaisse comme l'un des vôtres en me rendant mes droits civiques. Le 1er avril 1987, à défaut de droits civiques, on a fini par m'octroyer[1] mes droits commerciaux. C'est un peu cocasse si l'on songe que j'étais alors directeur reconnu d'une entreprise, depuis trois décennies. Bref, on a fini par admettre que j'étais « blanc-bleu »[2]. Pour un voyou reconverti, les droits commerciaux c'est un peu les palmes académiques[3]. Pas la légion d'honneur – les droits

---
1. Attribuer.
2. Aussi blanc, c'est-à-dire sans tache, que le diamant le plus pur : « blanc-bleu ».
3. Récompense honorifique (sans avantages matériels) de l'administration pour services rendus.

civiques – mais enfin peu importe ; même les palmes académiques ça m'a fait plaisir.

Trente ans d'un côté, trente ans de l'autre ; il faut bien l'avouer, aujourd'hui même, je n'ai pas vraiment compris la règle du jeu. Dans l'image que s'en font les gens, la société se répartirait en deux groupes. D'une part la grande masse des gens honnêtes (que dans notre vocabulaire on nomme, d'une manière un peu péjorative, les «caves»). De l'autre ; les «voyous», ou «le milieu». Les uns seraient les bons, les autres les méchants. Ceux-là viendraient perturber la vie sociale, voler, piller, tuer. D'un côté les gens seraient blancs, de l'autre, noirs.

Moi j'ai constaté que ça ne se passait pas comme ça.

[…]

Un jour – j'étais alors à la Santé – je me suis rendu compte que je ne pouvais plus continuer de vivre en marge de la société. Je m'étais déjà cavalé[1] onze fois des différentes taules où l'on m'avait incarcéré. J'aurais parfaitement pu me faire une fois de plus la «belle». Mais ça m'aurait amené à quoi ! La police était sur les dents chaque fois que je m'évadais. De plus, pour gagner ma vie je n'avais guère la ressource d'occuper un emploi comme tout le monde. Je devais donc braquer[2] à nouveau. J'étais assuré de tomber encore une fois. C'était un cercle vicieux.

La chance a mis sur mon chemin un psychiatre, le docteur Micoud, qui m'a fait confiance. Pour établir son rapport d'expertise concernant mon état mental il s'était mis en rapport avec mon père. Il avait découvert, disait-il, un véritable «monstre». Mon père était un homme d'une honnêteté sans faille. Il avait décrété que je serais ingénieur. Je devais me consacrer sans faillir au destin qu'il m'avait tracé. Ma mère et ma sœur devaient aussi se conformer à ses décrets concernant leur avenir. Elles en moururent l'une et l'autre, d'étouffement, de sclérose[3].

---

1. Enfui (familier).
2. Attaquer pour voler (argotique).
3. Immobilisme (figuré).

Histoires vraies – Le fait divers dans la presse

Au décès de ma mère, mon père me fit enfermer à la cave. Il estimait qu'assister à une agonie pour un gosse, ça n'était pas convenable. Toute la nuit, je frappai au plafond à coups de manche à balai. À l'étage supérieur ma mère se mourait.

Bien évidemment, après cette nuit d'enfer, j'accumulai les échecs scolaires. À la première incartade[1] mon père exigea que je sois enfermé dans un bagne d'enfants jusqu'à ma majorité. Lorsque j'en sortis, seuls des truands acceptèrent de me recueillir. Je devins un voyou à mon tour.

C'est sur la base d'un tel rapport d'expertise que Micoud put obtenir que je n'accomplisse pas les deux peines perpétuelles dont j'avais écopé[2] aux assises. Grâce au soutien de la princesse Charlotte de Monaco, je fus libéré sous condition en 1956. J'avais trente-six ans et j'étais resté dix-sept ans en taule. À ma sortie, j'étais fermement décidé à apprendre à vivre honnêtement. Depuis je me suis tenu à cette ligne de conduite. Et pourtant... Lorsque j'étais « René la Canne » je bénéficiais d'une certaine sympathie du public, des magistrats et même des flics... Redevenu René Girier, paradoxalement je devenais dangereux. Les uns et les autres ont multiplié les chausse-trappes[3] pour me faire retomber. J'avais une liaison avec une jeune femme, je ne pouvais être que proxénète[4]. Un vol était commis, j'en étais l'auteur... Et autour de moi, je voyais évoluer des « gens biens » dont l'absence de principes aurait estomaqué[5] bon nombre de voyous. Je l'avoue, je n'ai tenu la ligne de conduite que je m'étais fixée que par respect de la parole donnée au docteur Micoud. Aujourd'hui les conventions sociales m'apparaissent quelque peu dérisoires.

Avec le recul du temps, j'en suis arrivé à conclure que la société a besoin de ses ennemis publics. Elle les aime autant qu'elle les redoute.

---

1. Écart de conduite.
2. Été puni (familier).
3. Pièges.
4. Qui tire ses revenus de la prostitution d'autrui.
5. Étonné (familier).

Elle applaudit quand on les arrête et applaudit quand ils parviennent à s'évader. Leurs coups, les sommes impressionnantes qu'ils parviennent quelquefois à rafler, suscitent la crainte et l'envie. C'est un peu comme si on forçait la main à la chance. Ça permet d'oublier la tristesse de la vie quotidienne, les petits compromis, les petites bassesses, les petites irrégularités qu'on commet au jour le jour. La société aime ses ennemis, mais gare à eux s'ils deviennent comme tout le monde, s'ils perdent leur standing. Qu'ils ne fassent plus peur est presque perçu comme une trahison.

Au fond, tous les dix ans, on devrait se choisir un ennemi public par tirage au sort. Les gens seraient contents et au moins ça ne tomberait pas toujours sur les mêmes : les laissés-pour-compte de la vie.

René Girier dit René la Canne, in *Autrement*, n° 18, avril 1988 (droits réservés).

4. JACQUES MESRINE

Texte 4

LE ROMAN NOIR D'UN ENNEMI PUBLIC

Depuis longtemps, il ne se faisait plus d'illusion : Mesrine se doutait qu'il finirait comme cela un jour ou l'autre. Ce jour est arrivé hier, après dix-huit mois d'une extravagante « cavale », beaucoup d'aventures et quelques nouveaux mauvais coups d'éclat. Sa triste boucle est bouclée : il a trouvé la mort porte de Clignancourt, à quelques encablures seulement de Clichy, où il était né le 28 décembre 1936.

Rien, dans sa petite enfance, qui ait prédisposé Jacques Mesrine à une carrière de voyou.

Élevé dans un milieu bourgeois et confortable par des parents commerçants, il fréquente d'abord un établissement privé, l'école Saint-

Histoires vraies – Le fait divers dans la presse

Vincent-de-Paul à Clichy, puis l'école communale de la rue Lemercier, à Paris. Il est ensuite mis en pension au collège des oratoriens[1] de Juilly, en Seine-et-Marne, passe deux années au lycée Chaptal, mais se montre un élève médiocre, turbulent, parfois brutal. En 1953 et 1954, il suit plus ou moins les cours d'une classe préparatoire à une école de techniciens en électronique. C'est l'échec.

Sans diplôme, il se place comme vendeur dans une boutique de la rue de la Paix avant de tâter, toujours sans succès, de la représentation commerciale. Il se marie une première fois en 1955, divorce en janvier 1957 et, en juillet de la même année, il est mobilisé et envoyé en Algérie.

Dans la guerre, il trouve à s'exprimer pleinement. Quand il est libéré, le 16 mars 1959, il rapporte une citation à l'ordre du régiment, la croix de la valeur militaire avec étoile de bronze, la médaille commémorative des opérations du maintien de l'ordre et – plus inattendu chez cet instable – un certificat de bonne conduite.

Mais sa réinsertion dans la vie civile ne va pas sans problème. Mesrine ne met pas assez de cœur à l'ouvrage pour transformer en pactole[2] des velléités commerciales. Il se lasse vite des aspirateurs et du porte-à-porte, préférant les aléas[3] du jeu dans quelques cercles de la capitale.

Le premier accroc lui coûte 300 francs[4] d'amende. Motif : détention illégale d'armes. Nous sommes en avril 1961 et Jacques Mesrine a 25 ans. La seconde condamnation, en mars 1962, est un peu plus sérieuse : un an de prison par défaut infligé par le tribunal de Bernay pour cambriolage.

Avril 1967 : il est gérant de l'auberge du Mont Saint-Marc à Vieux-Moulin (Oise).

Jeanne Schneider, sa nouvelle amie après un second mariage raté, tient le bar. Mais la propriétaire de l'auberge n'apprécie pas du tout la

---

1. Religieux.
2. Source de richesses.
3. Hasards.
4. Référence au titre du recueil de nouvelles *Le Premier Accroc coûte 200 francs* publié par Elsa Triolet en 1964.

clientèle que Mesrine y attire et le licencie le 15 août. Il part en emportant du matériel, ce qui lui vaudra d'être condamné à deux ans de prison (toujours par défaut) par le tribunal de Compiègne.

Double meurtre au Québec

On retrouve dans son fichier divers mandats d'arrêt : pour un hold-up à Chamonix, pour l'agression d'une directrice de maison de couture, pour vol, complicité, recel. Mesrine et Jeanne Schneider préfèrent mettre un océan entre eux et la justice française. En juillet 1968, ils se réfugient au Canada.

À Montréal, leur quête du Graal n'est pas ce qu'ils espéraient et, après l'exercice peu reluisant de trente-six métiers, Mesrine, en juin 1969, bascule dans le crime, enlevant un industriel québécois, M. Georges Delaurier, empoche une rançon de 200 000 dollars et s'enfuit aux États-Unis. Il y est arrêté sur mandat d'Interpol. Extradé[1] au Québec, il écope de dix ans de détention et il est interné à la prison Saint-Vincent-de-Paul à Montréal.

Quelques mois plus tard, Mesrine signe sa première évasion en s'enfuyant avec cinq autres détenus, dont Jean-Paul Mercier, un Canadien qui sera son complice, le 10 décembre 1972, dans l'histoire odieuse des gardes-chasses.

Le décor : un bois assez sauvage du comté d'Arthabaska, dans la province de Québec. Mesrine et Jean-Paul Mercier s'entraînent au tir en faisant des cartons sur les arbres et sur des bouteilles de bière qu'ils ont préalablement vidées. Les détonations finissent par attirer deux gardes forestiers qui pensent avoir affaire à des braconniers.

Ces représentants de la loi, Médéric Coté, 62 ans, et Ernest Saint-Pierre, 54 ans, dressent contravention aux deux évadés pour une banale infraction : avoir des armes chargées dans le coffre de leur voi-

---

1. Livré au gouvernement (du Québec) par procédure spéciale.

Histoires vraies – Le fait divers dans la presse

ture (ce qui est interdit au Canada) et repartent... L'enquête de la police canadienne établira qu'ils ont été d'abord blessés dans le dos, puis achevés d'une balle dans la tête. Ils n'avaient même pas sorti leurs armes.

L'impossible évasion réussie

Mesrine parvient à s'échapper, mais Mercier, capturé quelque temps après, plaidera coupable – ce qui le dispensera d'être interrogé –, sera condamné à la réclusion à vie et fera au procureur une confession spontanée qui est accablante pour Mesrine. Mercier s'évadera encore une fois et sera finalement abattu par la police.

Mesrine, lui, s'est réfugié au Venezuela avec une jeune Canadienne de rencontre, puis en novembre 1972, choisit de rentrer en France.

Alors commence une autre série noire de méfaits, de crimes et de fuite. Arrêté à Boulogne-Billancourt le 8 mars 1973, Mesrine s'évade le 6 juin du palais de justice de Compiègne après avoir pris le président du tribunal en otage.

Le 28 septembre 1973, il est de nouveau arrêté à Paris, par le commissaire Broussard. Le 6 novembre 1975, de la prison de la Santé, il envoie des menaces de mort à un journaliste de *L'Express*, Jacques Derogy. Le 19 mai 1977, Mesrine est condamné à 20 ans de réclusion pour menaces de mort, vol qualifié, prise d'otages, tentative d'homicide volontaire sur agent de la force publique et évasion.

Il est incarcéré au quartier de haute sécurité d'où, de notoriété[1] publique, il est impossible de s'enfuir. Pourtant le 8 mai 1978, l'impossible se produit.

Ce jour-là à 9 h 30, l'un de ses avocats, Me Christiane Giletti, vient voir son client. L'entrevue a lieu dans un parloir spécialement aménagé. Soudain il bondit sur la table, arrache la plaque qui ferme la bouche

---

1. Renommée.

d'aération et tire de l'orifice trois pistolets enveloppés de chiffons. Ensuite, tout va très vite.

Le gangster braque les gardiens et l'avocat. François Besse, 34 ans, autre gangster chevronné – trois évasions en sept ans de détention –, se trouve dans le couloir une bombe lacrymogène à la main. Les « matons »[1] sont très vite enfermés dans sa cellule. Là, Mesrine et Besse font déshabiller leurs otages pour revêtir leurs uniformes. Ils n'oublient pas les trousseaux de clés, accrochés au tableau, dans le bureau du sous-directeur. La cavale recommence. Ils ont délivré au passage un détenu de leurs amis, Carman Rives, 26 ans, qui a également revêtu une vareuse de gardien.

Ainsi accoutrés en tenue réglementaire de l'administration pénitentiaire, les trois hommes traversent tranquillement la cour sans attirer l'attention sur eux. Une échelle providentielle est posée sur le mur d'enceinte. Quelques secondes plus tard, c'est l'escalade, à l'aide d'un grappin, fixé au bout d'une corde. Mesrine et Besse sautent à terre, tandis que Rives, armé d'un fusil pris à un gardien, oblige surveillants et policiers à battre en retraite. Il sera, cependant, mortellement atteint par le tir d'un agent.

L'incroyable évasion fait grand bruit. Pour le garde des Sceaux, il y a eu des complicités. Me Giletti, l'un des seize avocats désignés par Mesrine, est gardée à vue. Elle sera d'ailleurs très vite mise hors de cause. Le président de la République, lui-même, évoque l'affaire et parle de défaillance inadmissible.

Traqué, signalé aux quatre coins du pays, Mesrine passe à travers les mailles des filets. Deux jours après son évasion, il écrit à l'un de ses défenseurs : « *En arrêtant injustement mon amie québécoise, Jocelyne Deraiche, le système français m'a provoqué… À présent c'est la guerre.* »

---

1. Gardiens de prison (argotique). De *mater* = « regarder ».

Histoires vraies – Le fait divers dans la presse

Razzia au casino de Deauville

Mesrine écrit beaucoup. Il aime aussi que l'on parle de lui et soigne sa « mauvaise » image de marque. Début juin, le gangster, dont la photo est dans tous les commissariats, et un complice sont au casino de Deauville. Non pas pour flamber mais pour rafler la caisse.

« J'ai vu arriver deux hommes correctement vêtus, le plus grand m'a montré une carte tricolore du ministère de la Justice », racontera le physionomiste[1] qui n'a pas reconnu l'ennemi public numéro un. Devant le directeur des jeux, le gangster entrouvre les deux pans de sa veste pour faire voir les deux gros calibres accrochés à sa ceinture : les armes volées peu après son évasion dans une armurerie, 125, rue du Faubourg-Saint-Martin, dans le 10e arrondissement.

Une fois de plus, toutes les polices sont aux trousses de l'évadé de la Santé. Cette fois il est aux abois, car il a été blessé en fuyant du casino. Lui et son complice arrivent cependant à franchir le barrage de police installé à Orbec, dans le Calvados, à quelque cinquante kilomètres de Deauville. Le lendemain à l'aube, les deux hommes sont de nouveau repérés dans un bois, au sud de Bernay.

Opération policière d'envergure, mais le brouillard est tel que les fugitifs disparaissent. Transi, blessé au poignet et à la hanche, Mesrine va trouver refuge dans une petite maison occupée par un couple tranquille de paysans. Les bandits contraignent alors leurs « hôtes » à les conduire à Paris à bord de leur DS dans laquelle ils se cachent sous des couvertures.

Parvenus dans les Yvelines, ils libéreront leurs otages non sans leur recommander : « Laissez-nous douze heures, sinon on vous reverra. » Terrorisés, les paysans n'oseront pas désobéir.

Fin juin, c'est l'attaque de la succursale de l'agence de la Société générale du Raincy. Prise d'otages gratuite, hold-up sans coup de feu.

---

1. Personne se tenant à la porte de certains lieux pour y reconnaître les clients.

Mesrine est allé chercher le caissier de la banque chez lui, à sept heures du matin. «Mon ami va garder ta femme, pendant ce temps tu seras bien sage, tu vas m'obéir, nous allons aller à ta banque. S'il y a un coup fourré, c'est elle qui paiera.» À dix heures, l'ennemi public numéro un a raflé 350 000 F dans la salle des coffres.

Mesrine, introuvable, nargue[1] tout le monde. Cette année, début août, ce sera l'interview publiée dans *Paris-Match*. Il annonçait : «J'ai fait le serment de faire fermer les quartiers de haute sécurité... et si Peyrefitte refuse, je lui déclenche une violence comme il n'aura jamais vu en France.»

Enlèvement d'un milliardaire

Le 10 novembre, c'est le raid, avenue Alphonse-XIII, chez le président de la cour d'assises de Paris, M. Charles Petit, avec Jean-Luc Coupé plus mort que vif. On ne saura sans doute jamais ce que le gangster venait faire chez le magistrat qui présidait ce soir-là une audience. Voulait-il vraiment attirer l'attention sur les quartiers de haute sécurité comme il l'a longuement affirmé ? Voulait-il assassiner M. Petit, comme il l'a également dit ? Le gendre du président a pu prévenir la police. Coupé est arrêté, mais Mesrine réussit à disparaître, après avoir désarmé un agent.

Et il continue, entraîné par sa propre machine infernale : le 20 janvier, c'est le hold-up au supermarché de Massy puis, le 12 mars, l'arrestation de François Besse à Bruxelles.

Le 21 juin, éclate une affaire qui va tenir en haleine le public une bonne partie de l'été. L'enlèvement du «milliardaire sarthois» Henri Lelièvre. Après trente-sept jours de détention et contre la remise d'une rançon de six millions de francs, le financier est libéré... et révèle aussitôt que son ravisseur était Jacques Mesrine ! Cela se passe le 28 juillet.

---

1. Défie.

Histoires vraies – Le fait divers dans la presse

La veille, François Besse s'évadait du palais de justice de Bruxelles. La préparation et l'exécution de cette fugue spectaculaire avaient, aux yeux de tous, un dénominateur commun : Mesrine.

Nous sommes, presque, au bout de cette effrayante litanie. Pas tout à fait cependant car le 10 septembre dernier une étrange affaire est à deux doigts de se terminer par la mort d'un homme. Jacques Tillier, journaliste à l'hebdomadaire *Minute*, est pris en charge à midi et demi dans un bar parisien par Mesrine qui le fait monter dans une Renault 5. La voiture s'arrête près d'une grotte située dans une ancienne carrière de pierre en pleine forêt d'Halatte, dans l'Oise. Tillier sera découvert plus tard au bord de la nationale, blessé de trois balles au maxillaire gauche, à la nuque et à une clavicule.

Mesrine adresse les jours suivants des lettres à plusieurs journaux pour endosser la responsabilité de cette sauvage agression. L'ultime chapitre du pire des romans noirs auquel la police a inscrit hier le mot fin.

Jacques Nosari, *Le Figaro*, 3 novembre 1979.

Texte 5

LA FIN DE JACQUES MESRINE

« L'hypothèque Mesrine est levée. »
Sourires – Conférence de presse au ministère de l'Intérieur.

Ils ont fait vite. À quinze heures quinze, Jacques Mesrine tombait sous les balles de plusieurs dizaines de policiers appartenant à la brigade de recherches et d'interventions et à l'Office central de répression du banditisme, à 18 heures 30, ils entrent, le sourire aux lèvres, sous les lambris dorés du ministère de l'Intérieur, place Beauvau. À leur tête, le commissaire Broussard, très à l'aise sous les flashes, dans son éternel blouson de daim. D'autres visages connus se frayent un passage entre les journalistes, Aimé Blanc, le commissaire Givaudan, Dupré, Pellegrini, mais aussi une bonne trentaine d'inspecteurs de base, en costume de travail. Sous les spots de la télévision, ils prennent une pose en arc de cercle, pour la postérité. Assis devant eux, les bras pliés sur une table design, Maurice Bouvier, directeur central de la police judiciaire, commence une conférence de presse. Il est l'un des seuls en costume, derrière lui, quelques «gueules de flics», mais beaucoup de jeans, de baskets et de blousons motos. Le genre freaks[1] mélangé au baba[2] avec la barbe et les cheveux longs, sans oublier la médaille qui orne une poitrine largement échancrée[3]. Une seule femme qui écoute le patron en silence.

Chargé par Raymond Barre de prendre la direction opérationnelle des recherches dans l'affaire Mesrine, Bouvier se détend, sourit, comblé d'aise. Une chose prioritaire, avant même de relater les faits : «replacer Mesrine dans sa réelle personnalité». «Mesrine était en relation avec le milieu, contrairement aux affirmations mille fois répétées. Ce n'était pas un héros, mais un gangster. Habile, méticuleux, qui avait le sens des relations publiques, mais c'était un gangster.» Parlant du moyen de remonter Mesrine, Bouvier évoque son compagnon, Charles Boer. «Lui aussi appartenait au milieu.» «Pourquoi n'avoir pas arrêté Mesrine plus tôt?» demande un journaliste déclenchant l'hilarité parmi l'anti-gang. «Parce que nous ne l'avions localisé que depuis deux jours», répond doucement le directeur de la PJ attendant des questions plus consistantes. «La guerre des polices? Eh bien non.» Encore une fois, les policiers sourient. «Il n'y a jamais eu de guerre des polices dans cette affaire mais une coordination difficile à réaliser. C'était plutôt de l'émulation.» Cette fois c'est la presse qui sourit.

«Faire autrement que le tuer? S'il était sorti les mains en l'air, cela aurait tout changé, mais il a fait mine de se saisir d'une grenade et a entrouvert sa porte. Nous ne pouvions prendre le risque de lui laisser

---

1. Anglicisme (*freak* = monstre) pour «marginal», avec connotation de «drogué».
2. Marginal pacifique; anglicisme tronqué (*baba cool*).
3. Décolletée.

jeter la grenade dans la foule des policiers. Et puis, ajoute Bouvier, il avait dit au commissaire Broussard lors de son dernier procès : la prochaine fois dans la rue, c'est celui qui tirera le premier qui aura raison. »
« Alors, quel est le sentiment qui vous anime aujourd'hui ? » Bouvier sort un large sourire imité par tous ses hommes : « Mesrine posait un problème à la police. Non pas parce qu'il nous avait lancé un défi mais parce que, du fait de sa présence et de ses activités, des dizaines de policiers sont mobilisés depuis 18 mois, des centaines par moments. » Prenant son souffle, il déclare dans un demi-sourire : « L'hypothèque[1] Mesrine est levée ».

Sorj Chalandon, *Libération*, 3 novembre 1979.

---

1. Obstacle. (Métaphore juridique : lever une hypothèque = retrouver la possession d'un bien accordé à un créancier.)

Illustration d'Angelo Di Marco, une de Qui ? Police, *juin 1979.*

VIII. Mystères de l'âme

> « J'ai été en doute (lecteur français), si je te devais
> communiquer cette histoire… »

L'ouverture de l'épître au lecteur qui précède la relation d'un cas de parricide («advenu en la ville de Lützelflüh […] près de la ville de Berne, le IIIe jour du mois d'avril 1574») donne le ton de l'horreur suscitée par ce type de crime «si exécrable» que les législateurs romains n'en avaient pas prévu la punition! Celle imaginée par les justiciers populaires du temps semble sortie du cerveau torturé de scénaristes hollywoodiens en mal d'idées de scénario pour un film d'épouvante…

«Histoire horrible», donc, «et épouvantable» que celle aussi de Pierre Rivière, telle qu'elle se lit dans les journaux collectés et commentés par le philosophe Michel Foucault[1]. Toute la gamme des sentiments se lit dans les relations que font les journaux (1835) de la découverte du crime, de l'enquête, de l'arrestation et enfin du jugement commenté ainsi : «Vainement l'œil curieux du lecteur chercherait à trouver dans les annales de la justice un crime aussi affreux que celui qui vient d'être commis par Pierre Rivière […] convaincu d'avoir assassiné sa mère étant enceinte, sa sœur âgée de 18 ans, son frère

---

1. Philosophe français (1926-1984) qui s'est intéressé notamment au concept de « folie » et à l'histoire de la sexualité.

âgé de 11 ans, et son autre frère âgé de 7 ans.» Condamné à mort, il bénéficie d'une grâce royale qui transforme la peine capitale en réclusion à perpétuité suite à la campagne de presse qui relaya les déclarations des médecins ayant assisté au procès et lu le mémoire que Rivière avait écrit en prison et qui, pour eux, témoignait de son dérangement mental : il y écrivait notamment qu'il s'était senti investi d'une mission divine qui lui commandait de venir en aide à son père en le libérant de son épouse... Emprisonné à vie à Beaulieu, il s'y donna la mort le 20 octobre 1840, à une heure et demie du matin.

Le cas de Jean-Claude Romand, escroc et meurtrier de toute sa famille (janvier 1993), reste un mystère, malgré la multitude d'enquêtes, de témoignages, de comptes-rendus d'audience (été 96), de livres et de films inspirés de l'affaire[1]. Nous en proposons l'histoire à partir du journal régional, qui relata le premier la découverte du crime (*Dauphiné libéré* du 12 janvier 1993), relayé ensuite par la presse nationale (*France-Soir* du 18 janvier 1993 et *Le Figaro* du 11 février 1993). La complexité du cas sera rendue sensible par la confrontation de quotidiens fort différents : *Le Figaro, France-Soir, Libération, L'Humanité*. Un site web est consacré à l'affaire ; le dossier s'intitule «Autopsie d'un mensonge».

---

1. *L'emploi du temps* de Laurent Cantet (2001), *L'adversaire* de Nicole Garcia (2002).

1. PARRICIDE CRAPULEUX

Texte 1

Histoire horrible et épouvantable d'un enfant, lequel après avoir meurtri et étranglé son père enfin le pendit et ce advenu en la ville de Lützelflüh, pays des Suisses, en la seigneurie de Brandis, près de la ville de Berne, le IIIe jour du mois d'avril 1574. Ensemble l'Arrêt et la Sentence donnée à l'encontre dudit meurtrier. [...]

Au pays des Suisses, et en la ville de Lützelflüh, y avait un homme fort âgé, lequel depuis l'âge de trente ans, avait été toujours du conseil de cette ville. Lequel ayant amassé sept cents florins, monnaie du pays, tant pour subvenir à sa débilité[1] et faiblesse, que pour l'entretien de sa femme et de ses enfants, ces florins lui furent dérobés, et après [il] fut trouvé pendu et étranglé. Or on estimait que par désespoir de l'argent perdu, lui-même se fût ainsi pendu.

L'exécuteur de la haute justice de Berne ayant été mandé pour ôter le corps mort afin de l'ensevelir, trouva le licol[2] sanglant, tellement qu'il soupçonna que les choses fussent autrement advenues que le commun bruit n'était. Nonobstant[3], [il] ne laissa de l'ôter et l'ensevelit. Ce fait, plusieurs commencèrent à murmurer du licol qui avait été trouvé sanglant, de manière qu'ils pensèrent que ce pourraient être les enfants du bon vieillard (car il en avait deux) qui eussent fait un tel acte de cruauté à leur père; tellement que tous deux furent appréhendés[4]. Et, étant mis

---

1. Faiblesse extrême.
2. La corde autour du cou.
3. Pourtant.
4. Arrêtés.

entre les mains de justice, le plus jeune, qui toujours avait été en bonne estime et réputation, et qui était beau et puissant au possible, âgé de vingt ans, confessa soudain l'énormité du fait, et excusa et déchargea son frère quant au meurtre, et que seulement il avait eu sa part de l'argent dérobé. La manière comme il avait meurtri son père fut en telle sorte par lui confessée, comme s'ensuit.

« Quand mon père eut aperçu que je lui avais dérobé son argent, il se courrouça à l'encontre de moi, m'en demandant restitution ; et un jour, il s'en vint vers moi en l'étable où j'étais, me demandant cette somme. Je lui réponds que s'il voulait venir avec moi, je lui montrerais le lieu où était son argent, ce qu'il m'accorda. Cependant, je préparai un licol et le menai sur une petite montée, comme si je lui eusse voulu montrer son argent. Lors, se voyant moqué, et cuidant[1] descendre de ladite montée, je lui jetai le licol au col, le renversant par terre et le traînant au bas de ladite montée, dans une fosse, puis m'éloignai un peu, et apercevant qu'il dégainait un couteau qu'il portait à sa ceinture afin de couper le licol, j'accourus à lui, et le lui ôtant de la main, je le navrai[2] de telle façon que par ce moyen le licol se trouva sanglant. Et non content de ce, [je] lui mis les deux jambes sur les épaules, tirant le licol avec mes mains pour l'étrangler du tout[3]. Après cela, je pendis son corps, pour mieux faire croire au monde qu'il se fût étranglé lui-même. »

Sur ces horribles faits fut donnée sentence en la manière qui s'ensuit :

« Que les deux fils avec leurs propres mains déterreraient leur père, que le plus aîné, qui avait eu sa part de l'argent et qui ne participait [pas] au meurtre, serait décapité, toutefois à la discrétion et selon la grâce du Seigneur, par laquelle il eût enfin la vie sauve. Et quant à l'autre, qui avait ainsi meurtri son père, qu'il serait lié et traîné sur une claie[4], et que

---

1 Voulant.
2. Blessai.
3. Tout à fait.
4. Grille.

l'exécuteur de la haute justice lui ferait quatre ouvertures en son corps avec tenailles ardentes[1], à savoir deux à chacun côté de son corps. Et après avoir brisé ses membres avec une roue, qu'il fût dressé une autre roue ayant un gibet au-dessus où il serait pendu et étranglé. En cela furent connus les jugements de Dieu. Car quand le père fut déterré par ses enfants, eux touchant le corps mort de cestuy-cy, ledit corps mort se mit à saigner par la bouche, au petit doigt et aux gros orteils des pieds, et ce en présence de la justice et de plusieurs autres personnes. Ce mystère du sang humain de l'homme frais tué, criant vengeance par ébullition[2] qui jaillit contre le malfaiteur approchant du corps, est apparu en plusieurs semblables cas.

Occasionnel du 3 avril 1574, in *Canards sanglants, naissance du fait divers, op.* cité.

2. PIERRE RIVIÈRE

Texte 2

ARTICLES DE JOURNAUX

Le Pilote du Calvados, 5 juin 1835

On nous écrit d'Aunay sur Odon, hier 3 Juin : Un événement ou plutôt un crime affreux, un triple crime vient de jeter l'effroi dans notre localité : un sieur Rivière, voiturier[3], faisait mauvais ménage avec sa femme, d'un caractère difficile et qui ne voulait pas vivre avec lui. Par

---

1. Brûlantes
2. Bouillonnement.
3. Conducteur de voiture.

suite de ces orages domestiques[1], les époux Rivière vivaient séparés, et des cinq enfants issus de leur mariage, la femme en avait pris deux et le mari trois dont l'aîné est l'auteur du crime dont j'ai à vous rendre compte. Ce jeune homme qui depuis quelque temps, dit-on, paraissait ne pas jouir de toutes ses facultés morales, fort peu développées d'ailleurs, voyant son père objet de tracasseries continuelles de sa femme et voulant l'en débarrasser, s'est rendu ce matin chez sa mère et armé d'une serpe lui a donné la mort. Cette femme était enceinte de sept mois. Ensuite il s'est jeté sur sa sœur âgée de dix-huit ans environ, puis sur son jeune frère âgé de sept ans et les a massacrés. La mère de ce furieux avait presque la tête séparée du tronc. Après avoir commis ce triple meurtre, le forcené a pris la fuite mais il est probable qu'au moment où vous recevrez ma lettre, il sera arrêté. Il est âgé de vingt ans. Pendant que le fils exécutait son atroce résolution, son père, qui est estimé dans le pays était aux champs à labourer. L'autorité locale aussitôt qu'informée du crime s'est transportée au hameau de la Faucterie sur le théâtre de cette scène épouvantable et en a dressé procès-verbal. *(Article reproduit à peu près mot pour mot dans* La Gazette des tribunaux, *8-9 juin 1835.)* [...]

Journal de Falaise, 8 juillet 1835

Pierre Rivière d'Aunay, assassin de sa mère, de son frère et de sa sœur, a été arrêté à Langannerie par la brigade de gendarmerie jeudi et amené le même jour dans la prison de Falaise. Cet homme a vécu pendant un mois dans les bois et dans les campagnes. Il paraît qu'il acheta du pain pendant quelques jours avec des pièces de monnaie dont il se trouvait porteur au moment de son crime. Depuis il s'était nourri d'herbes, de feuilles, de fruits sauvages. Il déclare qu'il a passé trois jours et trois nuits dans les bois de Cingalis avant son arrestation. Il y avait fabriqué un arc et une flèche avec lesquels il essayait de tuer les oiseaux, mais il n'avait pu en atteindre aucun. On a trouvé cet arc sur lui au moment de son

---

1. Familiaux.

Histoires vraies – Le fait divers dans la presse

arrestation. Il prétend qu'il a commis un crime par ordre du ciel ; que Dieu le père lui a apparu au milieu de ses anges ; qu'il était tout resplendissant de lumière ; qu'il lui a dit de faire ce qu'il a fait et lui a promis de ne pas l'abandonner. Il ne témoigne d'aucune émotion, aucun repentir au souvenir de son crime. Il dit qu'il fallait que cela arrivât. À l'entendre il en avait combiné à l'avance l'exécution et il avait affilé sa hache depuis plusieurs jours, attendant que l'instant fût venu. Il feint de croire qu'il sera remis en liberté et renvoyé dans les bois.

Rivière est de taille moyenne, brun, son teint est coloré. Il baisse les yeux d'une manière sombre et semble craindre de regarder en face ceux qui lui parlent. Il répond à tout par monosyllabes. Ses réponses annoncent le fanatisme ou la folie, mais avec un caractère grave. C'est un froid illuminé[1]. Il dit qu'il lisait beaucoup, notamment des livres religieux. Il a cité le catéchisme[2] de Montpellier que son curé lui avait prêté, comme sa principale lecture. Il suivait exactement les offices de l'église, ne jouait point avec les jeunes gens de son âge, et n'avait ni ne désirait avoir de maîtresse. Il mange beaucoup en ce moment, comme un homme qui a beaucoup souffert de la faim. Son sommeil paraît être calme et son âme sans remords.

Telles sont les observations que l'on a pu faire à Falaise sur ce personnage qui est un monstre de notre époque, si l'acte cruel qu'il a commis n'est pas le résultat d'un dérangement du cerveau. Il est parti ce matin pour Vire où l'instruction qui le concerne est à peu près terminée. Il sera probablement jugé aux prochaines assises du Calvados. *(Article reproduit en grande partie dans* La Gazette des tribunaux, *18 juillet 1835.)*

Le Pilote du Calvados, 17 Juillet 1835

Pierre Rivière a été transféré à Vire, deux ou trois jours après son arrestation à Langannerie. L'affaire est à peu près instruite actuellement et ne tardera pas à être soumise à la Chambre des mises en accusation.

---

1. Mystique, exalté par sa foi religieuse.
2. Instruction religieuse.

On assure que cet assassin est une espèce d'illuminé ou cherche à se faire passer pour tel. Très borné dans ses facultés intellectuelles, d'un caractère sombre qui n'est pas de son âge, il prétend, en consommant son triple crime, n'avoir fait qu'obéir à un ordre céleste. Il paraît que ce jeune misérable se livrait avec ardeur à la lecture des livres de piété et que c'est dans ces lectures que, faute d'un discernement suffisant, il a puisé le fanatisme qui l'a conduit au crime. Il paraît aussi que la pensée coupable qu'il a mise si affreusement à exécution, était chez lui le résultat d'une idée fixe, d'une sorte de monomanie[1] qui le travaillait depuis quelque temps déjà.

Au surplus l'instruction judiciaire va faire connaître les précédents de ce jeune furieux, son degré d'intelligence et la funeste inspiration qui lui a fait porter une main criminelle sur trois des membres de sa famille.

P.S. De nouvelles informations que nous recevons de Vire sur l'affaire de Pierre Rivière, nous font connaître qu'après un long interrogatoire que le magistrat instructeur[2] lui a fait subir, cet individu a cessé de jouer le rôle d'illuminé et a avoué qu'il a été porté au crime dans la pensée de venger son père de la conduite que, dans l'opinion publique, la femme Rivière menait depuis longtemps.

Le Pilote du Calvados, 29 juillet 1835

On dit que Pierre Rivière, auteur d'un triple assassinat sur les membres de sa famille a adressé de sa prison à Vire aux magistrats chargés des poursuites qu'entraîne son crime un mémoire[3] fort remarquable. Ce jeune homme, assurait-on d'abord, était une sorte d'idiot que l'on supposait avoir agi sans bien comprendre l'étendue de son action féroce. Si l'on en croit ce qui se dit de son mémoire Rivière serait loin d'être privé d'intelligence et les explications qu'il donne aux magistrats, non

---

1. Idée fixe.
2. Magistrat chargé de procéder à la préparation du procès.
3. Dissertation écrite.

pour se justifier (car il paraît qu'il avoue et le crime et l'intention) mais pour exposer les raisons qui l'ont conduit à son action criminelle prouveraient au contraire que l'homme si simple en apparence était tout autre en réalité. On assure, en effet que le mémoire dont nous parlons est plein de raison et écrit de telle manière que l'on ne sait ce qui doit le plus surprendre de ce mémoire ou du crime de celui qui l'a rédigé.
(*Article reproduit dans* La Gazette des tribunaux, *1er août 1835.*)

Le Pilote du Calvados, 22 octobre 1840

Rivière qui avait été condamné à mort voilà peu d'années comme parricide et fratricide et dont le châtiment avait été commué en la peine d'une détention perpétuelle parce que son crime portait les caractères d'aliénation mentale vient de se pendre dans la maison de Beaulieu.

Depuis quelque temps, on avait remarqué en lui des signes non équivoques de folie ; Rivière se croyait mort et ne voulait prendre de son corps aucune espèce de soin ; il ajoutait qu'il désirait qu'on lui coupât le cou, ce qui ne lui causerait aucun mal, puisqu'il était mort ; et si l'on n'accédait à ce désir il menaçait de tuer tout le monde. Cette menace l'a fait isoler de tous les autres détenus et alors il a profité de cet isolement pour se suicider.

La presse, par les discussions auxquelles elle se livra lors de la condamnation de ce malheureux, ayant eu sans doute quelque heureuse influence sur la commutation de peine s'empresse de mentionner ce genre de mort qui confirme pleinement son opinion sur l'état mental de Rivière.

Dossier présenté par Michel Foucault,
in *Moi, Pierre Rivière, ayant égorgé ma mère, ma sœur et mon frère*,
«Archives», © Éditions Gallimard, 1979.

3. JEAN-CLAUDE ROMAND : FAUSSAIRE, ESCROC ET QUINTUPLE MEURTRIER

Texte 3

FOLIE MEURTRIÈRE DANS L'AIN ET LE JURA

Un homme de 38 ans anéantit sa famille et tente de se donner la mort en incendiant sa maison.

Un homme de 38 ans, Jean-Claude Romand, domicilié à Prévessin à la frontière franco-genevoise, a tué par balles sa femme, Florence, 37 ans, ses deux enfants, Antoine, 5 ans, et Caroline, 7 ans, ainsi que ses parents, Aimé, un garde forestier retraité de 74 ans, et Anne-Marie, 69 ans.

Les premiers ont été trouvés carbonisés, abattus par balles, au domicile familial dans l'Ain. Les seconds ont été assassinés également par arme à feu dans leur pavillon de Clairvaux-les-Lacs près de Lons-le-Saunier (Jura).

Jean-Claude Romand a ensuite tenté de mettre fin à ses jours en incendiant sa maison à l'aide d'un bidon d'essence et de pneus enflammés. Les sapeurs-pompiers, prompts à intervenir, l'ont retrouvé à demi-asphyxié. Aujourd'hui, il est entre la vie et la mort à l'hôpital cantonal de Genève.

Il est 3 heures 45 lundi lorsque des voisins alertent les pompiers. Une petite maison est en feu au 32 de la route de Bellevue. Des flammes s'échappent des fenêtres et du toit, montent le long de la façade. Trente pompiers luttent pendant une heure et demie pour circonscrire le sinistre. Mme Stora, une voisine, a été réveillée par le bruit des coups portés par les pompiers qui tentaient de forcer la porte. « Voyant qu'ils n'y parvenaient pas, j'ai téléphoné à M. Collin, le pharmacien de Prévessin chez qui la dame faisait des remplacements. Il m'a dit : "J'ai la clé, j'arrive!" »

Histoires vraies – Le fait divers dans la presse

Malgré la présence sur place de tout l'effectif du centre de Ferney, la progression des pompiers a été lente, d'autant que toutes les portes étaient fermées à clé de l'intérieur. Dans les décombres d'une première chambre, les sauveteurs découvraient les corps calcinés de deux enfants. Dans une seconde chambre, le cadavre d'une femme gisait à côté d'un homme, dévêtu, qui continuait à respirer faiblement. Il a été transporté aussitôt par le SMUR de Saint-Julien-en-Genevois à l'hôpital de Genève.

Double cauchemar

Le capitaine Vollot, commandant la compagnie de gendarmerie du Pays de Gex, rejoignait les hommes de la brigade d'Ornex déjà sur place et commençait ses investigations. L'enquête écartait d'emblée la thèse d'un incendie d'origine accidentelle.

De fait, il apparaissait que les victimes portaient des traces de violence. Dans l'ambulance qui transportait celles-ci, un médecin constatait une grande balafre sur le crâne de Florence Romand. La jeune femme avait reçu une balle dans la tête.

Les gendarmes décidaient alors d'alerter des membres de la famille de Jean-Claude Romand. En se rendant au domicile des parents de ce dernier, à Clairvaux-les-Lacs dans le Jura français, une horrible découverte les attendait. Le couple de retraités avait été abattu de plusieurs balles de 22 long rifle, vraisemblablement durant la nuit de samedi à dimanche.

C'est au dernier étage qu'avait eu lieu le drame. À même le sol, le corps de Mme Romand gisait sous une couverture à côté du chien de la maison. Son époux était allongé également sous une couverture, dans une autre chambre. L'absence de toute arme dans la demeure accréditait la thèse du crime aux dépens d'un éventuel suicide collectif.

Les autopsies qui seront pratiquées aujourd'hui à l'institut médico-légal de Bourg-en-Bresse devraient confirmer la tuerie : Jean-Claude Romand aurait bien assassiné d'abord ses parents à Clairvaux dans le Jura puis sa femme et ses deux petits enfants à Prévessin dans l'Ain où il aurait tenté de mettre fin à ses jours en allumant un incendie dans sa maison.

L'enquête pourrait révéler des surprises. En effet, M. Romand se disait médecin à l'OMS (Organisation mondiale de la santé). Nous avons appelé cet organisme qui n'a trouvé aucune trace de lui dans ses fichiers informatiques. De surcroît, plusieurs établissements de soins de la région parisienne dans lesquels M. Romand, selon ses proches, disait avoir des contacts ont répondu qu'ils ne connaissaient pas ce monsieur.

La procédure judiciaire confiée à M. Coquillat, substitut au parquet de Bourg-en-Bresse, semble s'orienter vers les activités et les relations de M. Romand qui pour l'instant demeurent un mystère.

Olivier Annequin, *Le Dauphiné libéré*, 12 janvier 1993.

Texte 4

LES POLICIERS AU CHEVET DU MYSTÈRE ROMAND

Les quatre énigmes qui troublent les enquêteurs
Le faux médecin qui a assassiné sa famille sort peu à peu du coma.

Considéré hors de danger par les médecins suisses de l'hôpital cantonal de Genève, Jean-Claude Romand, le faux médecin de l'Organisation mondiale de la santé (OMS) est désormais hospitalisé en France, transféré depuis jeudi au centre hospitalier de Saint-Julien-en-Genevois, à deux pas de Ferney-Voltaire. Au fil des jours, le voile se lève peu à peu sur la double vie que menait le quintuple meurtrier.

Jean-Claude Romand s'extrait donc du coma dans lequel il était plongé, et devrait pouvoir être entendu dans deux ou trois jours au plus tard, par les enquêteurs. Mais si d'un point de vue strictement médical l'homme est sain et sauf, il laisse derrière lui bien des questions.

1. Comment a-t-il pu tromper pendant vingt ans son entourage, faisant croire qu'il était médecin ? Se disant chercheur auprès de l'OMS, le

Histoires vraies – Le fait divers dans la presse

fils d'Aimé et d'Anne-Marie Romand forçait l'admiration de tous dans son village natal à Clairvaux-les-Lacs (Jura). Pourtant, Romand n'a jamais dépassé le stade de la première année de médecine. Comment s'y est-il pris pour s'inscrire pendant douze ans à l'université de médecine de Lyon? Comment a-t-il réussi à bluffer ses camarades de faculté, leur faisant croire qu'il avait passé avec succès les examens? Ainsi, son meilleur ami, Marc Vital-Durand, aujourd'hui médecin à Lyon, n'y a vu que du feu.

2. De quoi a vécu Jean-Claude Romand pendant toutes ces années? Certes, le quintuple meurtrier a emprunté beaucoup d'argent à ses amis et à ses proches. L'enquête a mis en évidence une somme de 5 millions de francs qui a transité sur son compte ouvert à la BNP de Ferney-Voltaire. Ainsi, encore, 1,3 million de francs provenant de la captation d'héritage au détriment de sa belle-famille. 900 000 francs lui ont été prêtés en 1992 par son ex-amie Chantal. Mais qui lui a prêté le reste de la somme (plus de 2,5 millions de francs)? Les gendarmes sont persuadés que Romand faisait tout simplement de la cavalerie[1], empruntant à l'un pour rembourser à l'autre. Qui sont alors ces donateurs généreux et, pour l'instant, bien silencieux?

Voyages

3. Qu'allait faire Romand fréquemment à l'étranger (Colombie, Pérou, Italie, Leningrad...) sous couvert de pseudo-missions pour l'OMS? Les enquêteurs rejettent l'hypothèse de trafic d'armes et de trafic de drogue. S'agissait-il alors, simplement, de voyages amoureux? Romand s'était fait accompagner l'année dernière pour ces voyages en Italie et à Saint-Pétersbourg par son amie Chantal.

4. Romand est-il impliqué dans la mort de son beau-père Pierre Crolet, en 1988, et celle, deux ans plus tard, de l'ancien propriétaire de

---

1. Opération financière (signature de «billets») de complaisance.

la maison qu'il louait à Moëns-Prévessin ? Deux décès jugés à l'époque, accidentels. Sont-ils imputables à Jean-Claude Romand ? Selon le certificat de décès, Pierre Crolet a succombé à une hémorragie cérébrale consécutive à une chute dans l'escalier de cette confortable résidence d'été située en bordure du lac d'Annecy.

Or, Romand était ce jour-là seul en compagnie de son beau-père. C'est lui encore qui a supervisé les négociations de vente de ce chalet « bradé »[1] à 1,3 million, dit le nouveau propriétaire, Bertrand Olive, un hôtelier de Saint-Tropez, alors qu'il était estimé à plus de 2,5 millions de francs. C'est cette somme qui a fait l'objet de la captation[2] d'héritage au détriment des enfants de la belle-famille de Romand.

Cette précipitation semble aujourd'hui suspecte aux enfants de Pierre Crolet. Tout aussi bizarre, l'incendie de la caravane de l'ancien propriétaire, en juillet 1992. Le drame, toujours inexpliqué, s'est déroulé au 32, route de Bellevue. Sous les fenêtres de la chambre de Jean-Claude Romand.

Gilles Carvoyeur, *France-Soir*, 18 janvier 1993.

Texte 5

LES DUPERIES DE ROMAND

Faux médecin et charlatan – Le meurtrier de sa famille exerçait ses talents d'escroc auprès de ses proches. Témoignage.

Faux médecin. Véritable escroc. À défaut d'avoir obtenu un diplôme à la faculté, Jean-Claude Romand, 38 ans, le meurtrier de ses parents, de sa femme et de ses deux enfants, s'était converti au charlatanisme.
Faisant des dupes dans des opérations de cavalerie, il en recrutait également parmi les cancéreux auxquels il vendait fort cher (environ

---

1. Vendu à prix sacrifié.
2. Détournement.

Histoires vraies – Le fait divers dans la presse

700 000 francs) des cures aussi miraculeuses qu'inefficaces. Parmi les victimes, un des ses oncles récemment décédé. L'homme, on le voit, avait le sens de la famille poussé à un stade diabolique. C'est essentiellement parmi ses proches qu'il a sévi. Une raison de l'impunité qui lui a été garantie pendant une dizaine d'années. Ayant échoué dans sa tentative de suicide, le 10 janvier, Romand doit désormais rendre des comptes à la justice. En attendant d'être bientôt transféré à la maison d'arrêt de Bourg-en Bresse, c'est depuis son lit d'hôpital à Lyon qu'il doit répondre aux questions pressantes du juge Christophe Barret. Notre envoyée spéciale a rencontré un de ses proches amis. Témoignage.

Romand, c'était «Gadgo» pour ses amis. Un surnom donné pour sa manie des gadgets – «ce fut le premier à posséder un magnétoscope» –, sa passion des nouveautés et ses connaissances sur des sujets alors aussi incongrus que la couche d'ozone. Nous sommes en 1973 à la faculté de médecine de Lyon. L'étudiant redouble sa première année et retrouve Florence, une amie d'enfance du Jura qui, elle, vient d'entrer à l'université. Avec quelques autres, ils forment un groupe sérieux et soudé. Méfiants avec les enfants de la grande bourgeoisie lyonnaise, eux qui ont vécu dans les villages. Le père de Jean-Claude est garde forestier.

Romand, avec son année d'avance sur les autres, est toujours capable de donner un coup de main sur les questions techniques. «C'était un intello pur. Il disait ne pas aimer toucher les malades mais se passionnait pour la biologie et les stages théoriques.» Ses hobbies[1] du moment : l'environnement, avant l'heure, les animaux et Brigitte Bardot dont il a toujours affiché un poster chez lui. Un garçon poli, «bien habillé, sans faire province» au physique agréable et à l'esprit solide. «Ce n'était pas un original. Il a toujours fait très adulte sans jamais, même étudiant, jouer au gamin.»

Florence et Jean-Claude se marient en septembre 1980 puis s'installent à Ferney-Voltaire. Le bourg, à deux pas de Genève, est très interna-

---

1. Passe-temps favoris (anglicisme : déformation de *horse* = «cheval», d'où *hobby* = «dada»).

tional. On travaille en Suisse, on vit en France. Tout le monde se connaît, part faire du ski ensemble le week-end ou de la moyenne montagne en été. Pour tous, le jeune médecin travaille à la fois à l'OMS et dans un laboratoire de l'Inserm à Lyon. « Il nous disait qu'il s'occupait notamment de trouver une alternative à la vivisection[1] dans la recherche sur l'artériosclérose[2]. Tout collait : sa passion des animaux et sa spécialité médicale. Et cela évitait de lui poser trop de questions. » Difficile à joindre, souvent en déplacement, il répond aux messages laissés sur son « bip ».

Séjours à l'étranger

Il part souvent quelques jours à Dijon, Lyon ou Besançon. Deux fois à l'étranger – Saint-Pétersbourg et l'Amérique du Sud – pour des congrès.

Maintenant, Gadgo a deux enfants et une femme aussi spontanée que lui est calme et posé. Ils habitent désormais Prévessin-Moëns, à quelques kilomètres, une maison retapée sans ostentation. « Dans les discussions, il intervenait rarement et toujours à bon escient. Son avis était écouté et respecté. » Ses horaires sont parfois étranges – de nombreuses journées à la maison – mais, à Ferney-Voltaire, le contraire eût en fait été étonnant, avec une population de chercheurs, professeurs aux emplois du temps variés.

Au cours d'une soirée, alors que le sujet des études de médecine est abordé, Romand annonce soudain qu'à l'époque il fut reçu cinquième à l'internat des hôpitaux de Paris.

Sa femme, qui n'avait jamais entendu parler du concours, lui lance alors : « Je ne saurai jamais rien. Un jour, je découvrirai que tu es un espion de l'Est. »

Marie-Amélie Lombard, *Le Figaro*, 11 février 1993.

---

1. Dissection d'un animal vivant.
2. Maladie des artères pouvant entraîner une insuffisance cardiaque.

Histoires vraies – Le fait divers dans la presse

Texte 6

LA «RAGE NARCISSIQUE» DE ROMAND
Les psychiatres ont décrit l'auteur du quintuple meurtre de 1992.

Quand le faux chercheur de l'OMS filait sa double vie dans sa voiture-bureau, il avalait la presse. La généraliste, la spécialisée. De tout, et des livres aussi. Quelques jours avant son quintuple meurtre du 9 janvier 1993, où tombèrent femme, enfants et parents, Jean-Claude Romand en avait relu un tout particulièrement. «Un livre de chevet d'Albert Camus», dit-il, découvert à l'adolescence et dans lequel il replonge régulièrement, jusque dans sa cellule : *La Chute*.

Hier, la présidente de la cour d'assises de l'Ain en a lu des passages. Ou plus précisément des extraits choisis par Romand lui-même, et expédiés par courrier à l'une de ses visiteuses de prison. Quelques lignes comme un concentré de sa vie, de ses vingt années de mensonges et de supercherie. Presque un début de justification. La présidente lit : «Comment la sincérité serait-elle une condition de l'amitié? Le goût de la vérité est un confort, parfois. Ou un égoïsme.» Elle poursuit : «La vérité, comme la lumière, aveugle. Le mensonge est un beau crépuscule qui met chaque objet en valeur. On voit parfois plus clair dans celui qui ment que dans celui qui dit la vérité.» Sommé de s'expliquer, l'accusé se lève. Abattu, le profil bas, la voix posée comme depuis l'ouverture de son procès, mardi dernier, Romand souffle quelques mots. Sans trop y croire, ou sans trop savoir. «J'ai peut-être fonctionné dans ce sens-là. Parfois, on peut mentir, juste pour voir un peu de joie chez les autres.»

Mais face à lui, hier, c'est une dame à la barre qui pleure. Une femme de 68 ans, qui a été «bernée comme nous tous», comme tous les proches de l'imposteur Romand. Janine Crolet, mère de Florence, l'épouse frappée à mort à coups de rouleau à pâtisserie. La petite veste grise, elle aussi, a choisi de lire ses «notes», couchées sur un bout de papier plié. Des notes implacables, qui s'arrêtent avant que la femme ait la force de tourner la page, sur ces mots : «Jean-Claude Romand, tu n'es qu'un monstre.»

Dans la salle, on n'entend plus que des pleurs, ceux de la mère. Et des pas, ceux de ses deux fils – «qui se trouvent volés du fruit du travail de leur père», a-t-elle eu le temps de lancer, allusion aux 378 000 F confiés à Romand pour un placement fantôme en Suisse. Jean-Claude Romand se cache derrière ses mains. Deux heures plus loin, il s'effondra à son tour, mais à sa manière. En sanglotant sans larmes, avec un mot, un seul, crié par deux fois, alors qu'il s'agite à terre dans son box : «Papa! Papa!»

Face à Jean-Claude Romand, aussi, trois psychiatres. Trois experts venus décortiquer sa vie de solitude et de mensonges. Une enfance heureuse, mais solitaire. Un échec en seconde année de médecine qu'il dissimule à son entourage, et la spirale de la mythomanie[1] qui démarre. Jusqu'au quintuple meurtre.

Dr Laurent Olivier : «Imagine-t-on le vertige de sa solitude? Quelque chose d'énorme à porter. Romand se dit : "On s'intéresse au personnage du médecin que je ne suis pas, et non à moi".» Dr Pierre Lamothe : «Romand a besoin d'être rassuré par la reconnaissance d'autrui. Et sa vie ne sera qu'une succession de fuites en avant. Il sera aidé dans sa situation irréversible par une monstrueuse dynamique de succès et un invraisemblable aveuglement» autour de lui.

Vingt ans durant, crescendo, Romand n'a fait que tricher. Par sa mythomanie, il cherche la sollicitude des siens, mais les tient à distance de la réalité par ses scénarios. Il s'imagine grand chercheur, mais flirte avec le risque d'être découvert à tout moment. Risque qu'il provoque, autant qu'il fuit, selon les experts. Tout est double chez lui. Trouble, aussi. Et puis, il y a Chantal, la maîtresse. Celle en qui il place, précisément, tous ses espoirs d'être mis à nu. Mais qui ne répond pas à son appel.

---

1. Déséquilibre psychique poussant au mensonge et à la simulation.

Histoires vraies – Le fait divers dans la presse

Alors, c'est décembre 1992 et la vie imaginée de toutes pièces qui craquelle. Florence doute. Chantal veut récupérer son argent, qu'elle lui a également confié. L'interdit bancaire est proche, et par là toute la révélation. Le 9 janvier 1993, la « rage narcissique » tue cinq fois. Pour les experts, Jean-Claude Romand n'était pas en état de démence au moment des faits. Ni même atteint de trouble majeur. Pas même « malade ». « On ne peut pas plaquer une logique rationnelle à ce qui n'a été qu'une logique de fuite, reprend l'un d'eux. L'irrationnel, c'est différent de la folie. »

Réquisitoire, plaidoiries et verdict aujourd'hui.

David Dufresne, *Libération*, 2 juillet 1996.

Texte 7

PROCÈS DE ROMAND : PERPÉTUITÉ POUR LE FAUX MÉDECIN

À qui auront-ils songé dans le secret de leur délibéré ? À Florence, Caroline, Antoine, Aimé et Anne-Marie, assassinés par leur mari, père et fils ? À sa famille, aux amis, aux voisins, à tous ceux à qui il a menti durant près de vingt ans ? Aux membres de sa belle-famille qu'il a escroqués en proposant de placer leurs économies sur des comptes en Suisse promettant 18 % d'intérêts ? À l'oncle cancéreux qu'il s'était engagé à guérir avec des pilules miracles en échange de la totalité de son livret d'épargne ? À Chantal qui a échappé de justesse à la folie meurtrière de cet homme qui la courtisait et qui, pour la première fois, là, devant eux, s'est tourné, hier, lentement, vers ses proches pour leur demander pardon ?

« Je comprends que mes paroles et ma survie rajoutent au scandale et à l'horreur de mes actes », souffle Jean-Claude Romand. Les deux mains accrochées au micro, dans un silence d'église, il se confesse, récite ce qu'il retient peut-être au fond de sa gorge depuis l'ouverture de son procès, mardi dernier. Qui peut le lui reprocher? C'est son ultime chance d'être sincère. Ou de mentir encore un peu. Debout, il assure: «Je vous demande pardon et je vous dis que vous serez toujours dans mon cœur.» Puis se meut légèrement pour se poster face à la table de bois sur laquelle sont étalés, depuis la semaine dernière, des pièces à conviction, quelques dessins d'enfants et les sourires joyeux de ses deux enfants, figés à jamais sur du papier glacé. Il a les yeux rougis, susurre: «Maintenant, c'est à toi ma Flo… à toi ma Caro… à toi mon Titou… à toi mon papa… et à toi ma maman que je voudrais parler. Maintenant vous connaissez tout, les secrets du cœur, les secrets de l'âme. Pardon d'avoir détruit vos vies et brisé celles de ceux qui vous aimaient. Pardon de vous avoir menti. Je vous aimerai encore… en vérité.»

Au moment où les cinq hommes et les quatre femmes, composant le jury populaire de la cour d'assises de l'Ain, se retirent pour délibérer, chacun pense qu'ils ont encore dans la tête les derniers mots de l'avocat de Jean-Claude Romand. «Pensez à ces êtres qui ne sont plus là et qu'il a tués parce qu'il les aimait comme un malade», insistera, une dernière fois, Me Jean-Louis Abad, après une plaidoirie où il s'est efforcé de démontrer que «Jean-Claude Romand n'est pas un monstre. C'est la vie qui l'a rendu comme ça.» Lui aussi, comme l'avocat général, a repris le fil de ces années de mensonges, mais c'était pour souligner que Jean-Claude Romand n'avait personne à qui se confier, à qui avouer ses angoisses, à qui dire qu'il n'était pas celui qu'on croyait. «On le présente comme un assassin pour l'argent, mais cela ne correspond pas à la réalité, tempête l'avocat lyonnais. Il adorait ses enfants et sa femme, c'est pour elle qu'il a menti, pour ne pas risquer de la perdre. Puis, il est entré dans un labyrinthe qui a abouti à un drame qui nous dépasse tous, mais qui vient de son milieu familial. Pour ses parents, il était un dieu. Quand, en entrant à la faculté, il a compris qu'il ne l'était pas, il n'était pas armé. Jamais, dans cette famille, on ne lui a appris à parler. Et puis,

Histoires vraies – Le fait divers dans la presse

il a été aimé dans une sorte d'indifférence. Je ne suis pas sûr que Florence se soit même intéressée à lui, la malheureuse. »

La plaidoirie de la défense plane encore dans la salle d'audience lorsque son client se met à parler. Mais lorsque les jurés se retirent, on sait aussi que, sur leurs épaules, pèse « la responsabilité de dire ce que la société française pense de Jean-Claude Romand ». En réclamant la réclusion criminelle à perpétuité, assortie d'une période de sûreté qu'il a laissée à l'appréciation du jury, l'avocat général le leur a rappelé, le matin : « Votre verdict sera l'aune[1] à laquelle nous évaluerons la valeur que notre société accorde à la vie. » Et peut-être aussi à tout le reste. À ce que le représentant du ministère public détaillera en plus de quatre heures de réquisitoire, reprenant la vie du faux médecin de l'OMS, chaque période rangée en tranche, dans autant de pochettes de couleurs. Le jury populaire a-t-il jugé l'homme, dont les « troubles psychiques doivent atténuer la responsabilité », selon les psychiatres ? A-t-il condamné l'escroc, le menteur ou l'assassin ? Implacablement, le matin, Jean-Olivier Viout avait démonté le dossier pour reconstituer l'hypothèse qui, selon lui, conduira à cette première semaine de janvier 1993, où « le funeste compte à rebours » devait démarrer. Fustigeant un personnage « perfide », il a dit sa certitude que Romand « a vécu une vie d'indolence en vampirisant méthodiquement sa famille, sa belle-famille et sa maîtresse ».

Selon lui, « il tue parce qu'il veut supprimer un problème ». Fin 1992, début 1993, « Romand est aux abois[2] ». Il devait restituer les 900 000 francs que son ancienne maîtresse lui avait confiés, il n'avait plus un centime en banque, Florence commençait à douter. « La confiance est craquelée, assène l'avocat général. Le mythe du Dr Romand va s'effondrer. » Selon lui, pas de doute : « Si sa volonté

---
1. Mesure (figuré).
2. Dans une situation désespérée, comme l'est l'animal sauvage entouré par la meute des chiens qui aboient.

suicidaire existait, elle a été sacrément différée. » D'un index de commandeur, il enjoindra l'accusé d'accepter la sentence comme une « expiation », afin de devenir « autre chose qu'un fantôme aux mains vides, salies du sang des vôtres ». L'avocat de la défense, lui, appellera les jurés à ne pas mettre sur le même plan Romand et les violeurs d'enfants.

Cathy Capvert, *L'Humanité*, 3 juillet 1996.

Après-texte

POUR COMPRENDRE

Étape 1	Anatomie du fait divers	184
Étape 2	Désastres effroyables	186
Étape 3	Catastrophes épouvantables	188
Étape 4	Bêtes farouches et enragées	190
Étape 5	Tueurs en série	192
Étape 6	Passions excessives	194
Étape 7	Ennemis publics n° 1	196
Étape 8	Mystères de l'âme	198

GROUPEMENT DE TEXTES
Le fait divers dans la littérature 200

INFORMATION/DOCUMENTATION
Bibliographie, fictions théâtrales, filmographie,
visites, Internet 213

ANATOMIE DU FAIT DIVERS

Lire

1 Après avoir lu l'introduction (pp. 9-10), lisez les textes 1 à 10. Pouvez-vous répondre aux questions *qui ? quoi ? quand ? où ? comment ? pourquoi ?*

2 Observez les titres des textes 11 à 20. Cherchez la date des faits relatés et justifiez l'ordre non chronologique adopté pour leur présentation.

3 Lisez l'intégralité des textes 21 à 39 : selon quels critères peut-on les classer ? (Vous pouvez vous aider du sommaire, pp. 3-4).

4 Cherchez, dans chaque série de textes (1 à 10, 11 à 20 et 21 à 39), un fait pouvant entrer dans chacune des thématiques annoncées au sommaire. Quels faits n'entrent dans aucune ?

5 Texte 40 : observez le jeu des temps et modes verbaux dans le récit du *Mystère du pont de St-Blaise*. Quelles sont les valeurs du présent lignes 1, 8, 15, 20 et 41 ; de l'imparfait ligne 16 ; du passé composé lignes 6, 7 et 18 ; du conditionnel lignes 17, 28 et 37 ?

6 Texte 40 : proposez un autre titre pour cet article. Vous pouvez l'extraire du texte.

7 Relisez l'introduction du chapitre I (pp. 9-10) puis la rubrique « À savoir » ci-contre. Confrontez-les à l'illustration de la couverture : jugez-vous celle-ci pertinente ?

Écrire

8 Textes 11 à 20 : relevez et classez les adjectifs qualificatifs servant à caractériser la relation des faits rapportés. Justifiez votre classement.

9 Textes 11 à 20 : lequel des faits divers relatés est illustré page 139 ? Choisissez-en un autre pour l'illustrer à votre tour.

10 Résumez le texte 40 en moins de cinq lignes pouvant servir de chapeau à l'article. Vous pouvez vous inspirer des *Nouvelles en trois lignes* (pp. 205-207).

11 Textes 1 à 39 : choisissez l'un des faits relatés et développez-en le récit sous la forme d'un article d'une trentaine de lignes. Conservez le ton adopté par le rédacteur.

Chercher

12 Découpez, dans un journal de votre région, quelques brèves représentatives du genre étudié (*voir* rubrique « À savoir » ci-contre).

13 Parcourez un magazine proposant les programmes TV et découpez les présentations d'émissions inspirées de faits divers.

À SAVOIR

LE FAIT DIVERS COMME GENRE JOURNALISTIQUE : UNE INFORMATION

Le fait divers est-il un type de fait ou un type de récit ? Si l'on en croit les dictionnaires, il désignerait une information inclassable, et la rubrique des faits divers ne serait qu'un vaste « bric-à-brac » (*miscellaneous* dans la presse anglo-saxonne). Pourtant, leur étude à travers les siècles permet d'isoler quelques critères d'identification :
– la proximité géographique ou sociologique (« C'est arrivé près de chez vous ! ») ;
– la banalité des situations, du type « chiens (ou enfants) écrasés » ;
– la surprise du détail (cocasse, atroce, tragique, insolite) d'une coïncidence inattendue (« mort d'un seul homme – découverte de deux cadavres ») ;
– le caractère ordinaire des « héros » de l'histoire : « Voici un assassinat : s'il est politique, c'est une information. S'il ne l'est pas, c'est un fait divers » (Roland Barthes, in *Structure du fait divers*, 1964).
Existe-t-il une forme de récit caractéristique du fait divers ? Les manuels de journalisme ne proposent pas de traitement spécifique, mais on constate chez les journalistes de toutes les époques un recours fréquent aux figures rhétoriques de l'emphase (insistance et répétition) mises au service de la création de stéréotypes langagiers (clichés), narratifs (théâtralisation) et moraux (orthodoxie morale). Stéréotypes évoluant, bien entendu, au rythme des civilisations.

DÉSASTRES EFFROYABLES

Lire

1 Localisez sur des cartes de géographie les lieux cités pages 31 et 32.

2 Texte 1 : observez l'organisation du récit des inondations du faubourg St-Marcel. Quel titre pouvez-vous donner à chaque paragraphe ? Par quels détails le narrateur dramatise-t-il l'événement ?

3 Texte 1 : repérez toutes les adresses au lecteur. Quelle est leur fonction ? Quelles émotions le narrateur cherche-t-il à provoquer ?

4 Comparez le témoignage sur le tremblement de terre de Lisbonne (texte 2) avec le récit précédent : relevez similitudes et différences.

5 Texte 2 : que représente le pronom « on » (l. 25, 30, 34 et 54) ?

6 Lisez le poème de Voltaire page 203. Comparez-le avec le récit de Pedegache (texte 2). Comment s'exprime la subjectivité de chacun ?

7 Notez toutes les informations chiffrées du témoignage du Dr Berté sur la catastrophe de la Martinique (texte 3). Quelles réponses apportent-elles au texte 16 (p. 17) ?

8 Comparez les bilans effectués par les témoins des trois catastrophes (p. 36, l. 92-98 ; p. 40, l. 86-90 ; pp. 44-45, l. 103-121). Lequel vous impressionne le plus ? Pourquoi ?

9 Texte 4 : suivez précisément, à l'aide d'une carte d'Asie du Sud-Est, l'inventaire des victimes du tsunami. Quel pays est le plus touché ? Quels phénomènes rendent impossibles le compte exact des victimes et leur identification ?

Écrire

10 Sélectionnez, dans chaque récit, un court extrait qui vous a ému(e). Recopiez-le puis commentez-le en une dizaine de lignes.

11 Faites le récit d'un événement émouvant dont vous avez été le témoin. Pour toucher vos lecteurs, vous soignerez particulièrement la progression du récit et choisirez un vocabulaire expressif.

Chercher

12 Cherchez au CDI ou dans vos livres d'histoire et de géographie des images se rapportant à des cataclysmes.

13 Consultez les sites Internet d'un magazine spécialisé dans le reportage (type *Paris Match*) ou d'une agence de photojournalisme (type *Vu*). Sélectionnez un article (ou une photo) traitant de catastrophe. Ajoutez le résultat de cette recherche à celui de l'étape précédente pour vous constituer une documentation personnelle.

À SAVOIR

HISTOIRES VRAIES ET VÉRITÉ HISTORIQUE : INFORMER ET INSTRUIRE

Pour les mêmes raisons qui font que l'histoire de la presse se confond avec l'histoire des libertés, les histoires vraies dont la presse populaire assure la transmission fournissent aux historiens un matériau d'une richesse inépuisable.

Non seulement les journaux permettent de dater les événements après la disparition des hommes qui les ont vécus (passage de comète, inondation, tremblement de terre, éruption volcanique), mais les relations d'époque fournissent simultanément un tableau réaliste ou du moins révélateur de la vie quotidienne et des mentalités.

Les « registres-journaux », témoignage précieux sur les règnes d'Henri III et Henri IV, doivent beaucoup aux occasionnels que leur auteur, Pierre de l'Estoile (1546-1611), collectionnait et utilisait pour écrire ses *Mémoires du passé pour servir au temps présent*.

Si le récit de Corréard et Savigny inspira à Géricault l'une des toiles les plus célèbres du patrimoine national, il inspira aussi au médecin Bombard son expérience de naufragé volontaire et son invention de canots de survie en matière souple.

Les observations de Pedegache à Lisbonne, celles du Dr Berté à St-Pierre de la Martinique ont permis à leurs contemporains de comprendre ce qu'était un raz-de-marée (un « tsunami » depuis que les journaux ont médiatisé le vocable japonais en 2004) et un volcan « péléen » (nom utilisé depuis 1902 par les géographes pour désigner ce type d'éruption volcanique).

Ces épisodes traumatiques constituent la substance de ce qu'historiens et sociologues appellent « la mémoire collective », celle-là même qu'on alimente en feuilletant de vieux journaux.

POUR COMPRENDRE

CATASTROPHES ÉPOUVANTABLES

Lire

1 Lisez l'introduction pages 53 et 54 : quels sont les contextes historiques de chaque catastrophe ?

2 Texte 1 : combien de temps s'est écoulé entre « l'échouement » de *La Méduse* et le sauvetage des rescapés ? Combien d'hommes ont embarqué sur le radeau et combien ont été sauvés ?

3 Texte 1 : quel est le point de vue adopté par le(s) narrateur(s) ? Que représentent les pronoms « on » (l. 7, 10, 24, 73) et « nous » (l. 34, 46, 78, 100) ?

4 Texte 2 : quelles informations retirez-vous de cet article des *Nouvelles calédoniennes* ? Distinguez les discours rapportés du récit des faits : qui parle ?

5 Texte 3 : combien de temps s'est écoulé entre le naufrage du *Joola* et la parution de l'article du *Nouvel Observateur* ? À quel moment précis a eu lieu le naufrage ?

6 Texte 3 : notez tous les noms propres. Quels effets produisent-ils ? L'auteur de l'article est-il un témoin direct ? Quelles sont ses sources d'information ? Quel effet produisent les mots de langues africaines ?

7 Notez les informations contenues dans les textes 4, 5, 6 et 7 : quelle nouvelle information chaque article ajoute-t-il au précédent ?

8 Texte 8 : combien de temps sépare cet article du *Nouvel Observateur* de l'explosion de l'usine AZF ? D'où proviennent les observations ?

9 Texte 9 : cherchez les détails justifiant le qualificatif « effroyable ». Quel effet produisent les adjectifs des lignes 2, 8, 17 et 20 ? Identifiez le champ lexical dominant.

10 Comparez les textes 10 et 11 du point de vue des dates, des lieux, des personnages : quelles sont les similitudes ?

Écrire

11 Dans le texte 2, relevez et classez les mots et expressions qui permettent d'insérer les paroles rapportées dans le récit du naufrage. Relevez les verbes indiquant un discours narrativisé dans le dernier paragraphe du texte 3 (l. 128 à 155).

12 Choisissez une brève du premier chapitre parmi les textes 21, 22, 24 et 33. Ajoutez des adjectifs (*voir* question 9) et introduisez quelques paroles rapportées (*voir* question 11) pour émouvoir vos lecteurs.

13 Choisissez l'un des articles de la partie 4, « Incendies » (textes 9 à 11). Résumez-le en une dizaine de lignes, de la manière la plus neutre qui soit, sans adjectifs ni paroles rapportées, en vous limitant aux faits objectifs.

Chercher

14 Sur Internet (www.senegal-online.com et www.louvre.fr), cherchez une reproduction du *Radeau de La Méduse* de Géricault, assortie d'un commentaire historique. Confrontez-la avec la relation du naufrage (pp. 57-58, l. 73-96).

15 Faites une recherche biographique sur Alain Bombard qui a donné son nom aux « radeaux de survie » cités page 67 (l. 145-146). Choisissez un naufrage dans la liste des naufrages célèbres du site http://fr.wikipedia.org et présentez-le sous forme d'exposé illustré (dessins, photos, vidéos ou extraits de film).

À SAVOIR — RELATIONS EXACTES ET TOUCHANTES : INFORMER ET ÉMOUVOIR

On doit à Pline le Jeune, en vacances chez son oncle dans les environs de Naples, le premier reportage de l'histoire sur une éruption volcanique : celle du Vésuve en 79 qui détruisit Pompéi, Herculanum et Stabies. On trouve dans ses *Lettres* les caractéristiques de tout bon reportage : un montage d'informations organisé de façon à impressionner doublement le lecteur en lui faisant partager un savoir scientifique et des émotions rares.

Désastres et *catastrophes* sont presque synonymes et leurs épithètes sont interchangeables. « Effroyables », « épouvantables » traduisent la terreur du simple mortel face à la « puissance de Dieu en ses œuvres » et la montrent : une « avalanche de corps martyrisés par les tsunamis » (2004), des « corps exsangues » sur le radeau de *La Méduse* (1816), des cadavres monstrueusement gonflés (hommes et chevaux mêlés) (1889), le « bruit sourd » des corps d'enfants s'écrasant en pleine nuit sur un trottoir parisien (2005)... Descriptions terriblement expressives !

Le tressage des paroles rapportées renforce encore l'effet de réel, ainsi que la personnalité du témoin fiable (médecin, géographe, savant). Sans avoir rien vu lui-même, un bon reporter peut toutefois donner l'impression du « vécu » et captiver ses lecteurs en faisant appel à leur imaginaire (*voir* le texte 3 de R. Marmoz).

BÊTES FAROUCHES ET ENRAGÉES

Lire

1 Lisez et observez le document évoquant la bête du Gévaudan dans l'introduction (p. 83). Quels traits de la bête sont soulignés par le dessin et par la légende ? Quels sont les détails qui l'intègrent aux bestiaires connus (réel et fantastique) ?

2 Retrouvez dans le billet du *Monde* (texte 2) les informations contenues dans la dépêche *Yahoo* (texte 1). Quel est le ton du billet ? Quels procédés stylistiques utilise son auteur ?

3 Texte 2 : distinguez, dans cet article, ce qui relève de l'information et ce qui relève de l'opinion personnelle.

4 Texte 2 : quel éclairage la référence à Darwin (l. 30-36) donne-t-elle au fait divers animalier ?

5 Quels sont les points communs aux faits divers relatés dans les textes 3, 4 et 5 du point de vue des faits ?

6 Quelles sont les différences de présentation (progression du récit, tonalité, discours rapporté) dans ces mêmes textes ?

Écrire

7 Relevez, dans chacun des textes 1 à 5, un passage cocasse ou humoristique. Précisez si l'humour est volontaire ou non.

8 Vous affectionnez (ou détestez) les histoires de loup-garou. Racontez celle qui vous a le plus favorablement (ou négativement) impressionné(e) (2 pages maximum).

9 Texte 5 : imaginez et rédigez les questions posées par le journaliste à la boulangère, au maire, à la « source proche de l'enquête », au « parquet », aux voisins.

Chercher

10 Parcourez la collection du *Petit Journal – Supplément illustré* sur le site http://cent.ans.free.fr. Choisissez une année entre 1890 et 1929 et cherchez des illustrations de faits divers animaliers.

11 Cherchez, dans vos livres de français et d'histoire, des illustrations de bestiaire fantastique et, dans des magazines spécialisés, des animaux de dessins animés contemporains. Présentez le résultat de vos recherches dans un court exposé.

12 Proposez une illustration personnelle du « canard » page 12 (texte 7) et du roman *L'Homme à l'envers* (voir note 1 p. 82). Précisez si vous souhaitez faire rire ou faire peur.

À SAVOIR

STRATÉGIES ARGUMENTATIVES DE LA PERSUASION

L'ambivalence des rapports entre l'homme et l'animal dont témoignent les folklores se retrouve dans la diversité des faits impliquant les animaux : tantôt le « meilleur ami de l'homme » (bétail, chevaux, chiens) partage fraternellement son sort avec lui, tantôt l'animal hostile menace cet équilibre naturel. Menace extérieure de la bête prédatrice, réelle ou fantasmée (bête du Gévaudan, bête de Wissant), menace intérieure de la bête qui sommeille dans le subconscient de l'homme et le transforme en animal (texte 7, p. 12), menace aussi de la métamorphose de l'animal domestique ou craintif en bête sauvage (cheval, vache, chevreuil).

Le fait divers animalier fournit un exemple frappant de la manière dont l'information devient persuasion grâce aux choix stylistiques de l'auteur du récit. Qui veut émouvoir doit choisir les moyens adaptés au style d'émotion recherché. Veut-on faire rire ou faire peur ? Sourire ou se tordre ? Frémir ou sentir ses cheveux se dresser sur la tête ?

On choisira d'abord la manière de s'impliquer dans le discours par le choix de l'énonciation. On soignera ensuite la qualification des faits par une caractérisation qui détermine le point de vue – l'« angle », dit-on chez les journalistes.

Si l'on retire tous les adjectifs et les adverbes du texte 1, et que l'on opte pour un registre de langue courant, l'« horrible catastrophe » disparaît. On peut, à l'inverse, transformer le texte 4 (p. 88) en tragédie rurale, en ajoutant les figures de l'emphase. Enfin, l'un des plus sûrs moyens de persuasion que connaissent bien les publicitaires s'adressant à leur « cible » est le recours aux valeurs communes, culturelles ou morales : l'auteur du canard du XVIIIe siècle s'appuie sur la peur du loup-garou et les représentations stéréotypées du « Malin » pour effrayer le lecteur (ou l'auditeur) populaire. Celui du billet du quotidien *Le Monde* établit une connivence amusée avec ses lecteurs cultivés en faisant référence à l'histoire (« type frayeur du Gévaudan ») et à la science (« Darwin et la bête »).

TUEURS EN SÉRIE

Lire

1 Lisez l'introduction des pages 93 et 94 et cherchez dans les occasionnels (pp. 11-14) et les canards (pp. 14-19) les histoires qui pourraient s'insérer dans ce chapitre.

2 Quel portrait de Joseph Vacher se dégage de l'article du *Petit Journal* (texte 1) ? Distinguez les éléments descriptifs des commentaires moraux.

3 Comparez le portrait de Landru par Colette (texte 2) avec les croquis dessinés à la une du *Matin* (p. 96). Quelles comparaisons utilise la romancière pour rendre sa description plus vivante ? Quel jugement porte-t-elle sur l'accusé ? Le croit-elle coupable ?

4 Texte 3 : que symbolisent les couleurs de la barbe de Landru dans le billet d'André Billy ? Est-il du même avis que Colette ?

5 Texte 4 : trouvez dans le texte la justification des trois adjectifs contenus dans le titre.

6 Quel portrait du « tueur de l'Est parisien » se dessine au fil des articles relatant ses crimes (textes 5 et 6), son arrestation (texte 7) et son procès (textes 8 et 9) ?

Écrire

7 Texte 4 : recopiez les éléments de la métaphore de « la Lanterne sourde » (pp. 102-103, l. 21-30).

8 Texte 1 : réécrivez ce texte en supprimant les marques de subjectivité du rédacteur du *Petit Journal*.

9 Texte 2 : inspirez-vous des moyens mis en œuvre par Colette (p. 98, l. 23-38) pour faire le portrait d'une personnalité surprenante (réelle ou imaginaire).

10 Documentez-vous sur le procès de Marie Besnard (*voir* p. 92) et rédigez une page pour présenter votre opinion sur l'affaire : s'agit-il, selon vous, d'une erreur judiciaire ou d'un crime parfait ?

Chercher

11 Sélectionnez l'un des portraits de tueurs en série présentés sur le site www.tueursenserie.org, et préparez un court exposé biographique du personnage retenu.

À SAVOIR

« LE POIDS DES MOTS, LE CHOC DES PHOTOS »

Les passages descriptifs insérés dans un récit donnent au lecteur une image – des lieux et des êtres – qui lui permet de se représenter précisément paysages, personnages et objets (*cf.* étapes 1 à 4). Dans la presse écrite, occasionnelle ou périodique, des illustrations renforcent l'effet des descriptions selon l'impression voulue par les auteurs : dégoût ou compassion, horreur ou sympathie, etc. Les « canards » anciens étaient généralement illustrés de bois gravés pouvant occuper une surface plus large que le texte, lui-même mis en valeur par des titres, des majuscules et des enluminures (*cf.* p. 52).

L'évolution des techniques d'impression et de composition (presse à réaction et clichage mécanique) a contribué au succès de la grande presse (fin du XIXe siècle). Aujourd'hui, la photographie a remplacé le dessin (*cf.* le slogan du magazine *Paris Match* servant de titre à ces paragraphes) sauf dans quelques rubriques : le dessin politique, toujours satirique, même quand il n'est pas caricatural, et l'illustration de faits divers, dont Angelo Di Marco perpétue aujourd'hui la tradition (p. 160). La persistance du croquis judiciaire dans la presse quotidienne s'explique par l'interdiction de photographier dans les prétoires.

La rhétorique du portrait (et de la description) est la même en images et en mots. Selon que le point de vue de l'artiste est favorable à la chose ou à la personne décrite, on note un trait avantageux (ou un vocabulaire mélioratif) ; le point de vue négatif se traduit par un lexique péjoratif ou des comparaisons dévalorisantes : Landru est assimilé à un animal prédateur (oiseau de proie) et la bête du Gévaudan à une incarnation du diable.

PASSIONS EXCESSIVES

Lire

1 En quoi le titre de ce chapitre diffère-t-il des précédents (*cf.* question 9) ?

2 Observez la gravure de la page 139 : retrouvez le titre du canard qu'elle illustre (*cf.* pp. 14-19).

3 Texte 1 : comparez la relation des faits dans le récit et dans le discours du procureur général dans cet article de *La Gazette des tribunaux*.

4 Texte 2 : reconstituez la chronologie des faits relatés dans cet article de *Libération*. Comparez avec la progression du récit.

5 Texte 4 : quel type de récit annonce la première phrase de cet article de *La Vie illustrée* ? Quelle est la place du narrateur ? Quels sont les protagonistes de l'histoire ?

6 Texte 5 : observez les indicateurs temporels de ce texte. À quel temps de l'histoire renvoient les plus-que-parfaits (l. 2, 5, 11 et 12), les imparfaits (l. 6, 7, 8 et 20) les passés composés (l. 3, 7, 8 et 30), les présents (l. 25, 37, 41 et 55) ?

7 Lisez à la suite les trois articles du *Parisien* (textes 6, 7 et 8). Comparez les formes de présentation de l'information : quels moyens utilisent les journalistes pour captiver leurs lecteurs ?

8 Comparez le récit de Natascha (texte 9) aux récits des journalistes relatant sa séquestration (textes 5 à 8) : quelles questions restent sans réponse ?

Écrire

9 Rédigez une fiche lexicale sur le mot *passion* : étymologie, évolution du sens, synonymes, dérivés, champ sémantique et champ lexical.

10 Recensez le champ lexical de la justice dans les textes 1, 2 et 3, et celui du sentiment dans les textes 4, 6 et 7.

11 Imaginez et rédigez la suite du « canard » relatant la séquestration d'une jeune fille (texte 3). Vous pouvez l'illustrer d'un dessin (ou d'un collage) à la manière de celui qui illustre le « crime horrible » de la page 139.

12 Faites un tableau synthétique des illustrations : titres ou légendes, sujets et cadrages.

Chercher

13 Visionnez la séquence du procès de Julien Sorel dans le film d'Autant-Lara *Le Rouge et le Noir* (1954), adapté du roman éponyme de Stendhal.

14 Cherchez sur Internet des compléments d'information aux affaires « Blanche Monnier » et « Natascha Kampusch » (site et liens *Wikipedia*).

À SAVOIR

TRANSMISSION ET MÉDIATISATION

Les gravures si expressives des « canards » n'expliquent pas à elles seules l'engouement du public pour les faits divers. La presse de colportage faisait aussi grand usage de complaintes, dont certaines ont traversé les siècles comme celles sur Mandrin. La renommée de plus d'un assassin est due aux chansons écrites par les canardiers eux-mêmes, sur des airs déjà connus, et dont le texte figurait sur leur feuille vendue à la criée. L'« emballement médiatique » ne date pas de la télévision. On a, par le passé, publié des brochures spécialisées dans les portraits d'assassins célèbres, adaptés ensuite au théâtre (*Boulevard du Crime*), immortalisés dans les musées de cire (musée Grévin). On a même vendu des objets dérivés d'affaires célèbres sous forme de jouets : la malle sanglante de l'affaire Gouffé (1889), la marionnette automate de Landru (dont la cuisinière fit l'objet d'une vente aux enchères).

Le cinéaste Bertrand Tavernier montre, dans *Le Juge et l'Assassin* (film de 1976), comment s'effectue ce passage de l'information à la médiatisation, en montrant un joueur de vielle qui colporte en chansons les exploits de l'égorgeur « Bouvier » (dans la réalité, Joseph Vacher). Plus récemment, Joël Farges a raconté dans *Serko* l'exploit réel du jeune cosaque Dimitri qui, sur son petit cheval gris Serko, traversa en 200 jours les 9 000 km séparant le fleuve Amour des rivages de la Baltique pour parler au tsar du sort de ses malheureux sujets de l'Est. Un marionnettiste (interprété par Jacques Gamblin) le suit et met en scène au fur et à mesure les péripéties de ce raid extraordinaire.

Sont ainsi entrés dans la légende plus d'un héros de fait divers : l'« enfant sauvage » Victor, trouvé dans un bois de l'Aveyron (le 8 janvier 1800), par le livre de Lucien Malson et le film de Truffaut (1970) ; l'adolescent Kaspar Hauser, errant dans les rues de Nuremberg (1828), par de nombreuses complaintes, un poème de Verlaine et un film de W. Herzog (1974) ; l'« homme-éléphant » John Merrick (1862-1890), par le film que lui a consacré David Lynch (1980). Histoires prodigieuses s'il en fût, moins médiatiques pourtant qu'un de ces « beaux » crimes qui fournissent au cinéma les trois quarts de ses films « de prétoire » et à la télévision la presque totalité de ses *reality-shows*.

ENNEMIS PUBLICS N° 1

Lire

1 Étudiez la gravure représentant Mandrin (p. 160), puis lisez la présentation du chapitre (p. 141) et la relation de son exécution (texte 1). Quels sont les traits de caractère soulignés par le dessinateur et par le journaliste du *Courrier d'Avignon* ?

2 Comparez les moyens utilisés par le rédacteur du *Petit Journal* (texte 2, pp. 146-147) et par le dessinateur du supplément illustré (p. 114) : quels sentiments cherchent-ils à provoquer ? Rapprochez le texte 2 de la page 146 du texte 1 de la page 95.

3 Texte 3 : comment René la Canne explique-t-il son entrée dans le banditisme, puis sa conversion « à l'honnêteté » ?

4 Texte 4 : comment le journaliste du *Figaro* explique-t-il la marginalisation progressive de Mesrine ?

5 Texte 5 : comment la police justifie-t-elle, pendant sa conférence de presse, « la fin de Jacques Mesrine » ?

Écrire

6 Sélectionnez, dans chacun des cinq textes, des phrases appartenant aux registres recherché, soutenu, courant, familier. Soulignez l'élément (ponctuation, syntaxe, vocabulaire, figure) qui a déterminé votre choix.

7 Imaginez une scène dialoguée mettant en présence Girier et Mesrine. Chacun des deux essaie de convaincre l'autre de le suivre dans la voie choisie : l'honnêteté pour Girier, le banditisme pour Mesrine. Vous ferez précéder votre dialogue d'une courte présentation de la scène pour situer le décor et les personnages. Ajoutez des didascalies.

Chercher

8 Recherchez des représentations contemporaines des bandits des siècles passés dans la bande dessinée et le cinéma. Présentez le résultat de vos recherches.

9 Rassemblez une documentation sur l'évolution du Code pénal en France depuis l'Ancien Régime. N'oubliez-pas le « Code noir » (1685). Cherchez dans l'article « Torture » du *Dictionnaire philosophique portatif* de Voltaire (1764) au moins trois arguments contre son utilisation judiciaire.

À SAVOIR

LA FABRICATION DU CONSENSUS : DES OUTILS POUR CONVAINCRE

Le traitement des histoires de brigands dans la presse est révélateur du rôle qu'elle joue dans la fabrication de l'opinion publique. « La société a besoin de ses ennemis publics », constate, désabusé, l'ex-brigand René Girier, « elle applaudit quand on les arrête et applaudit quand ils parviennent à s'évader. » Les outils qu'elle utilise pour convaincre ses lecteurs d'applaudir sont les mêmes que ceux utilisés par les politiques et les publicitaires, en commençant par le choix du registre de langue adapté au destinataire du message. Le lecteur du *Figaro* n'est pas le même que celui de *Libération*. On ne s'adresse pas aux aristocrates de l'Ancien Régime comme aux bourgeois de la Ve République. Le type de lectorat ne détermine pas seul le registre de langue : le nombre de lecteurs aussi. On ne parle pas à plus d'un million de personnes à la fois comme à quelques milliers. D'un registre de langue à l'autre, le vocabulaire, la syntaxe, les images et les références culturelles changent. Lorsque le correspondant du *Courrier d'Avignon* (1755) rapporte les paroles de Mandrin, il lui fait utiliser un vocabulaire recherché et une syntaxe savante, alors même qu'il s'adresse à l'un de ses compagnons de brigandage. Son discours, comme le récit dans lequel il est inséré, marqué d'humilité chrétienne, est propre à rassurer la classe dirigeante. Phrases courtes, tournures présentatives, énoncés interronégatifs, répétitions de mots courants mais hyperboliques, sont destinés à convaincre les masses populaires d'applaudir à la fin du « monstre » Bonnot non sans admirer son « étonnante puissance de vitalité ». À l'opposé, le récit de la carrière de Mesrine s'appuie sur une syntaxe et un vocabulaire recherchés. Les quelques mots d'argot, entre guillemets, sont signalés comme citations du langage voyou, à l'inverse du témoignage de René la Canne, qui les emploie spontanément. Les références culturelles du *Figaro* diffèrent de celles de *Libération*, en 1979. Elles font partie de ce jeu de miroir entre la presse et ses lecteurs qui sert de fondement au lien social, tressé d'émotions communes. Dans l'utopie totalitaire imaginée par Georges Orwell (*1984*), comme dans *La République* de Platon, on bannit les poètes capables de susciter des émotions. L'amour y est même puni, comme un délit, et le rituel de la « minute de la haine » permet de purger le peuple de ses passions ordinaires et d'assurer ainsi la paix sociale.

MYSTÈRES DE L'ÂME

Lire

1 Texte 1 : retrouvez la succession des faits évoqués dans le titre. Le sont-ils dans le même ordre ? Pourquoi, d'après l'exergue, l'auteur hésite-t-il à raconter cette histoire ? Quel passage trouvez-vous le plus « horrible » ?

2 Texte 2 : donnez un titre aux cinq articles de journaux régionaux relatant le cas de Pierre Rivière. Comparez son portrait (p. 167, l. 43-52) avec celui de Berthet (p. 117, l. 15-23) et celui de Landru (p. 98, l. 23-38).

3 Texte 2 : relevez les contradictions entre les articles 3 (l. 59-81) et 4 (l. 82-95). Sur quel aspect de la personnalité de Rivière portent-elles ?

4 Observez les dates et les origines des textes 3 à 7 relatant le « cas » Romand. Notez l'évolution des titres : à quel champ lexical appartiennent les substantifs ?

5 Texte 3 : observez les indicateurs temporels dans cet article du *Dauphiné libéré*. Quelle est la valeur du passé composé (l. 3-13), du présent (l. 16-19), de l'imparfait (l. 34-39), du conditionnel (l. 52-57) ?

6 Texte 4 : relevez les questions qui formulent les quatre énigmes du « mystère Romand ». Cherchez-en la réponse dans le texte 5.

7 Comparez le témoignage de l'ami de l'accusé (texte 5) avec ceux des témoins du procès, trois ans plus tard (texte 6). Lisez l'extrait de *L'Adversaire* (pp. 210-212). Quel regard E. Carrère porte-t-il sur J.-C. Romand ?

8 Texte 7 : recensez toutes les interventions de la dernière audience avant les délibérations et relevez les arguments de l'avocat de la défense et ceux de l'avocat général.

Écrire

9 Rédigez une fiche lexicale sur l'adjectif *horrible*.

10 Texte 2 : le deuxième article (l. 24-58) comporte des passages au style indirect rapportant les paroles de Pierre Rivière. Transformez-les en discours rapporté au style direct.

11 « Réquisitoire, plaidoiries, verdict aujourd'hui » (*Libération*, 2 juillet 1996). En vous appuyant sur les pièces du dossier Romand, rédigez votre propre réquisitoire en tant qu'avocat général, ou bien votre plaidoirie d'avocat de la défense.

12 Vous avez été appelé(e) à faire partie du jury au procès Romand. Quel verdict prononcez-vous ? Pourquoi ? Sous forme d'une intervention au style direct, justifiez votre verdict.

13 Scénariste en panne d'inspiration, vous choisissez l'une des « histoires vraies » du recueil pour l'adapter au cinéma. Rédigez un synopsis d'une page, que vous ferez précéder du générique souhaité.

Chercher

14 Documentez-vous sur les mythes de Narcisse, Œdipe, Médée, Abraham et proposez des rapprochements avec les histoires du recueil. Résumez-en l'action à la manière d'un fait divers en vous inspirant de la présentation du *Malentendu* de Camus (p. 205-208).

À SAVOIR

LE FAIT DIVERS, MIROIR DE LA PSYCHÉ

Le miroir que la presse tend à ses lecteurs ne sert pas qu'à le socialiser par une sorte d'exorcisme collectif. Il sert aussi à l'individu de miroir grossissant d'un ensemble de phénomènes psychiques qui le constituent en tant que personne, d'où l'intérêt des philosophes pour les procès de criminels. La rhétorique judiciaire permet l'examen détaillé des faits et des circonstances, mais aussi des preuves subjectives et des expertises scientifiques. Ce n'est pas tant la qualification des faits qui intéresse le philosophe que la motivation de celui qui les a perpétrés. Aucune motivation n'explique le passage à l'acte : l'affaire jugée après l'examen du dossier et l'écoute des points de vue « pro » et « contra » (plaidoirie et réquisitoire) laisse ouvertes « des questions à vie » sur la personnalité de Guy Georges. « L'irrationnel, c'est différent de la folie » et le quintuple meurtre de Romand ne s'explique pas par la démence, affirme un expert psychiatre. Pas un seul article relatant le cas du parricide Pierre Rivière qui ne fasse référence à la folie, avérée ou feinte, du meurtrier. Est-il « une espèce d'illuminé » ? Ou cherche-t-il « à se faire passer pour tel » ? C'est finalement parce que « son crime portait les caractères d'aliénation mentale » qu'il échappa à la peine de mort, mais c'est le récit « intelligent » qu'il en fit qui l'avait fait juger responsable et simulateur. J.-C. Romand a-t-il incontestablement assassiné ses enfants « parce qu'il les aimait comme un malade », comme le plaida son avocat, ou bien parce qu'il voulait « supprimer un problème », celui d'une réalité peu glorieuse ?

GROUPEMENT DE TEXTES

LE FAIT DIVERS DANS LA LITTÉRATURE

Les *Chroniques italiennes*[1] de Stendhal se sont d'abord intitulées *Historiettes romaines fidèlement traduites des récits écrits par les contemporains (1400 à 1650)*.

Balzac affirme, dans sa présentation du *Père Goriot*, que le modèle de Vautrin existe et « qu'il a trouvé sa place dans le monde de (son) temps ». Ce modèle, c'est Vidocq, l'ex-bagnard, devenu chef de la Sûreté, avec lequel Balzac eut l'occasion de souper !

À Stendhal et Balzac, on pourrait ajouter les noms de Flaubert, Maupassant, Zola, et bien d'autres romanciers, puisant dans les histoires vraies relatées dans les journaux la dose voulue de « réalisme », de « naturalisme » ou de « populisme ».

C'est encore au nom de la vraisemblance, imaginaire cette fois, que les surréalistes se sont passionnés pour les faits divers, tandis que les dramaturges contemporains y ont trouvé matière à rajeunir les vieux mythes montrant l'homme aux prises avec sa destinée.

Voltaire (1694-1778)
Poème sur le désastre de Lisbonne (1756)

Le tremblement de terre de Lisbonne alimenta un débat philosophique très polémique sur le sens de l'existence et les ori-

---

1. Voir *Vanina Vanini*, « Classiques & Contemporains », n° 29, Magnard, 2002.

Le fait divers dans la littérature

gines du mal : comment peut-on affirmer avec certains philosophes que « tout est bien » devant l'injustice du sort qui frappe 25 000 innocents ? Voltaire répond aux optimistes par un poème indigné, puis par un conte philosophique, *Candide ou l'Optimisme* (1759) dont le cinquième chapitre reprend la description pathétique du poème.

> Ô malheureux mortels ! ô terre déplorable !
> Ô de tous les mortels assemblage effroyable !
> D'inutiles douleurs éternel entretien !
> Philosophes trompés qui criez : « Tout est bien »
> Accourez, contemplez ces ruines affreuses,
> Ces débris, ces lambeaux, ces cendres malheureuses,
> Ces femmes, ces enfants l'un sur l'autre entassés,
> Sous ces marbres rompus ces membres dispersés ;
> Cent mille infortunés que la terre dévore,
> Qui, sanglants, déchirés, et palpitants encore,
> Enterrés sous leurs toits, terminent sans secours
> Dans l'horreur des tourments leurs lamentables jours !
> Aux cris demi-formés de leurs voix expirantes,
> Au spectacle effrayant de leurs cendres fumantes,
> Direz-vous : « C'est l'effet des éternelles lois
> Qui d'un Dieu libre et bon nécessitent le choix » ?
> Direz-vous, en voyant cet amas de victimes :
> « Dieu s'est vengé, leur mort est le prix de leurs crimes » ?
> Quel crime, quelle faute ont commis ces enfants
> Sur le sein maternel écrasés et sanglants ?
> Lisbonne, qui n'est plus, eut-elle plus de vices
> Que Londres, que Paris, plongés dans les délices ?
> Lisbonne est abîmée, et l'on danse à Paris.

Tranquilles spectateurs, intrépides esprits,
De vos frères mourants contemplant les naufrages,
Vous recherchez en paix les causes des orages :
Mais du sort ennemi quand vous sentez les coups,
Devenus plus humains, vous pleurez comme nous.
Croyez-moi, quand la terre entrouvre ses abîmes,
Ma plainte est innocente et mes cris légitimes.
[…]
Un jour tout sera bien, voilà notre espérance ;
Tout est bien aujourd'hui, voilà l'illusion.
[…]

Paul Verlaine (1844-1896)
« Gaspard Hauser chante : », in *Sagesse* (1881)

Kaspar Hauser (francisé en Gaspard par Verlaine) est un enfant trouvé, découvert errant, en 1828, dans les rues de Nuremberg. Surnommé « l'orphelin de l'Europe », il aurait vécu jusqu'alors enfermé dans une cave et aurait été nourri par un inconnu qui lui avait appris à écrire son nom. Il meurt assassiné en 1833, sans que son identité soit révélée. On le disait d'origine princière. Balzac croyait à un « canard », d'autres, comme Verlaine, se sont reconnus dans la destinée misérable d'un mal-aimé des dieux et des femmes. Le cinéaste Werner Herzog a consacré un film poignant à ce fait divers énigmatique : *Jeder fur sich und Gott gegen alle* (*L'Énigme de Kaspar Hauser*, 1973).

Le fait divers dans la littérature

Je suis venu, calme orphelin,
Riche de mes seuls yeux tranquilles,
Vers les hommes des grandes villes :
Ils ne m'ont pas trouvé malin.

À vingt ans un trouble nouveau,
Sous le nom d'amoureuses flammes,
M'a fait trouver belles les femmes :
Elles ne m'ont pas trouvé beau.

Bien que sans patrie et sans roi
Et très brave ne l'étant guère,
J'ai voulu mourir à la guerre :
La mort n'a pas voulu de moi.

Suis-je né trop tôt ou trop tard ?
Qu'est-ce que je fais en ce monde ?
Ô vous tous, ma peine est profonde :
Priez pour le pauvre Gaspard.

Félix Fénéon (1861-1944)

Nouvelles en trois lignes (1906), © Éditions Gallimard, 1948

Critique littéraire, il révèle Rimbaud. Critique d'art, il fait connaître les impressionnistes. Chroniqueur au *Matin*, il y invente un nouveau genre : les « nouvelles en trois lignes », prétendument inspirées de dépêches d'agences de presse (*Havas*) ou de dépêches particulières (*Dép. part.*) La concision et l'humour du récit ont tenté plus d'un imitateur. Le dernier en date est Christian Colombani, dans sa colonne du *Monde* « En vue », qui relate, apparemment, d'authentiques faits divers.

– Quelques grévistes de l'usine de produits chimiques de Cheide (Haute-Savoie) ont cassé les vitres dans dix-sept maisons de «lâcheurs». *(Havas)*

– Dormir en wagon fut mortel à M. Émile Moutin, de Marseille. Il était appuyé contre la portière; elle s'ouvrit, il tomba. *(Dép. part.)*

– L'adultère. M. Boinet, commissaire de police de Vierzon, payera 1.000 francs pour avoir diffamé le mari de la femme en jeu. *(Dép. part.)*

– Une vengeance. Près de Monistrol-d'Allier, MM. Blanc et Boudoussier ont été tués et défigurés par MM. Plet, Pascal, Gazanion. *(Dép. part.)*

– Explosion de gaz chez le Bordelais Larrieu. Il fut blessé. Les cheveux de sa belle-mère flambèrent. Le plafond creva. *(Dép. part.)*

– C'était fête à Remiremont. L'explosion d'un appareil d'éclairage mit en fuite les couples danseurs. On s'écrasa aux issues. *(Dép. part.)*

– Tombant dans un trou de marnière, environs de Longwy, le sergent Cornet, du 162e, s'est mortellement fracturé le crâne. *(Dép. part.)*

– À peine humée sa prise, A. Chevrel éternua et, tombant du char de foin qu'il ramenait de Pervenchères (Orne), expira. *(Dép. part.)*

– Phtisique, Ch. Delièvre, faïencier à Choisy-le-Roi, alluma deux réchauds et mourut parmi les fleurs dont il avait jonché son lit.

– Aux environs de Noisy-sous-École, M. Louis Delillieau, 70 ans, tomba mort : une insolation. Vite son chien Fidèle lui mangea la tête.

– Du sel a la mer. Le *Collburnary*, dont c'était la cargaison, a coulé près de Camaret (Finistère). On put sauver l'équipage. *(Dép. part.)*

– Par un jeu savant de démissions, le maire et les conseillers municipaux de Brive retardent la construction des écoles. *(Dép. part.)*

– Onofrias Scarcello tua-t-il quelqu'un à Charmes (Haute-Marne) le 5 juin? Quoi qu'il en soit, on l'a arrêté en gare de Dijon. *(Dép. part.)*

– Le curé de Monceau (Côte-d'Or) est fort empêché pour dire la messe. Des cambrioleurs l'ont privé de ses vases cultuels. *(Dép. part.)*

– Parce que sa femme avait assez de lui, le tailleur d'habits Noblet, de Baulon (Ille-et-Vilaine), l'a blessée grièvement de deux balles. *(Dép. part.)*

Le fait divers dans la littérature

– On inquiétait le sexagénaire Roy, d'Echillais (Charente-Inférieure), pour ses façons envers sa servante, 11 ans. Il s'est donc pendu. *(Dep. part.)*

– M. D..., commis greffier près le tribunal civil de Tours, a été arrêté. On veut qu'il ait lésé l'Enregistrement. *(Havas)*

– Ayant, par six fois, planté son couteau dans le cou, la tête et le bras droit d'Apolline Baron, Ch. Selias, son ex-amant, a fui.

– Les trois Espit, de Saulzet-le-Froid (Pas-de-Calais), sautèrent de leur voiture dont le cheval s'emballait. L'un se tua, deux se blessèrent. *(Havas)*

Albert Camus (1913-1960)
Le Malentendu, © Éditions Gallimard, 1944

« Effroyable tragédie. Aidée de sa fille, une hôtelière tue pour le voler un voyageur qui n'était autre que son fils. En apprenant leur erreur, la mère se pend, la fille se jette dans un puits. » Ce fait divers, relaté par *L'Écho d'Alger* (6 janvier 1935) impressionne Camus, qui l'utilise dans *L'Étranger* (c'est un article lu par Meursault dans sa cellule) et dans *Le Malentendu* comme ressort dramatique d'une tragédie moderne.

SCÈNE PREMIÈRE
Midi. La salle commune de l'auberge. Elle est propre et claire. Tout y est net.

LA MÈRE. Il reviendra.
MARTHA. Il te l'a dit ?
LA MÈRE. Oui. Quand tu es sortie.
MARTHA. Il reviendra seul ?
LA MÈRE. Je ne sais pas.
MARTHA. Est-il riche ?
LA MÈRE. Il ne s'est pas inquiété du prix.

MARTHA. S'il est riche, tant mieux. Mais il faut aussi qu'il soit seul.

LA MÈRE, *avec lassitude*. Seul et riche, oui. Et alors nous devrons recommencer.

MARTHA. Nous recommencerons, en effet. Mais nous serons payées de notre peine.

Un silence. Martha regarde sa mère.

Mère, vous êtes singulière. Je vous reconnais mal depuis quelque temps.

LA MÈRE. Je suis fatiguée, ma fille, rien de plus. Je voudrais me reposer.

MARTHA. Je puis prendre sur moi ce qui vous reste encore à faire dans la maison. Vous aurez ainsi toutes vos journées.

LA MÈRE. Ce n'est pas exactement de ce repos que je parle. Non, c'est un rêve de vieille femme. J'aspire seulement à la paix, à un peu d'abandon. *(Elle rit faiblement.)* Cela est stupide à dire, Martha, mais il y a des soirs où je me sentirais presque des goûts de religion.

ACTE I, SCÈNE 1

MARTHA. Vous n'êtes pas si vieille, ma mère, qu'il faille en venir là. Vous avez mieux à faire.

LA MÈRE. Tu sais bien que je plaisante. Mais quoi ! À la fin d'une vie, on peut bien se laisser aller. On ne peut pas toujours se raidir et se durcir comme tu le fais, Martha. Ce n'est pas de ton âge non plus. Et je connais bien des filles, nées la même année que toi, qui ne songent qu'à des folies.

MARTHA. Leurs folies ne sont rien auprès des nôtres, vous le savez.

LA MÈRE. Laissons cela.

MARTHA, *lentement*. On dirait qu'il est maintenant des mots qui vous brûlent la bouche.

LA MÈRE. Qu'est-ce que cela peut te faire, si je ne recule pas devant les actes ? Mais qu'importe ! Je voulais seulement dire que j'aimerais quelquefois te voir sourire.

MARTHA. Cela m'arrive, je vous le jure.

Le fait divers dans la littérature

LA MÈRE. Je ne t'ai jamais vue ainsi.

MARTHA. C'est que je souris dans ma chambre, aux heures où je suis seule.

LA MÈRE, *la regardant attentivement.* Quel dur visage est le tien, Martha !

MARTHA, *s'approchant et avec calme.* Ne l'aimez-vous donc pas ?

LA MÈRE, *la regardant toujours, après un silence.* Je crois que oui, pourtant.

MARTHA, *avec agitation.* Ah ! mère ! Quand nous aurons amassé beaucoup d'argent et que nous pourrons quitter ces terres sans horizon, quand nous laisserons derrière nous cette auberge et cette ville pluvieuse, et que nous oublierons ce pays d'ombre, le jour où nous serons enfin devant la mer dont j'ai tant rêvé, ce jour-là, vous me verrez sourire. Mais il faut beaucoup d'argent pour vivre devant la mer. C'est pour cela qu'il ne faut pas avoir peur des mots. C'est pour cela qu'il faut s'occuper de celui qui doit venir. S'il est suffisamment riche, ma liberté commencera peut-être avec lui. Vous a-t-il parlé longuement, mère ?

LA MÈRE. Non. Deux phrases en tout.

MARTHA. De quel air vous a-t-il demandé sa chambre ?

LA MÈRE. Je ne sais pas. Je vois mal et je l'ai mal regardé. Je sais, par expérience, qu'il vaut mieux ne pas les regarder. Il est plus facile de tuer ce qu'on ne connaît pas. *(Un temps.)* Réjouis-toi, je n'ai pas peur des mots maintenant.

MARTHA. C'est mieux ainsi. Je n'aime pas les allusions. Le crime est le crime, il faut savoir ce que l'on veut. Et il me semble que vous le saviez tout à l'heure, puisque vous y avez pensé, en répondant au voyageur.

LA MÈRE. Je n'y ai pas pensé. J'ai répondu par habitude.

MARTHA. L'habitude ? Vous le savez, pourtant, les occasions ont été rares !

LA MÈRE. Sans doute. Mais l'habitude commence au second crime. Au premier, rien ne commence, c'est quelque chose qui finit. Et puis, si les occasions ont été rares, elles se sont étendues sur beaucoup d'années, et l'habitude s'est fortifiée du souvenir. Oui, c'est bien l'habitude qui m'a poussée à répondre, qui m'a avertie de ne pas regarder cet homme, et assurée qu'il avait le visage d'une victime.

MARTHA. Mère, il faudra le tuer.

LA MÈRE, *plus bas*. Sans doute, il faudra le tuer.

MARTHA. Vous dites cela d'une singulière façon.

LA MÈRE. Je suis lasse, en effet, et j'aimerais qu'au moins celui-là soit le dernier. Tuer est terriblement fatigant. Je me soucie peu de mourir devant la mer ou au centre de nos plaines, mais je voudrais bien qu'ensuite nous partions ensemble.

MARTHA. Nous partirons et ce sera une grande heure ! Redressez-vous, mère, il y a peu à faire. Vous savez bien qu'il ne s'agit même pas de tuer. Il boira son thé, il dormira, et tout vivant encore, nous le porterons à la rivière. On le retrouvera dans longtemps, collé contre un barrage, avec d'autres qui n'auront pas eu sa chance et qui se seront jetés dans l'eau, les yeux ouverts. Le jour où nous avons assisté au nettoyage du barrage, vous me le disiez, mère, ce sont les nôtres qui souffrent le moins, la vie est plus cruelle que nous. Redressez-vous, vous trouverez votre repos et nous fuirons enfin d'ici.

LA MÈRE. Oui, je vais me redresser. Quelquefois, en effet, je suis contente à l'idée que les nôtres n'ont jamais souffert. C'est à peine un crime, tout juste une intervention, un léger coup de pouce donné à des vies inconnues. Et il est vrai qu'apparemment la vie est plus cruelle que nous. C'est peut-être pour cela que j'ai du mal à me sentir coupable.

Entre le vieux domestique. Il va s'asseoir derrière le comptoir, sans un mot. [...]

Le fait divers dans la littérature

Didier Daeninckx (né en 1949)
Le Facteur fatal, © Éditions Denoël, 1990

Didier Daenincks utilise son expérience de journaliste localier[1] dans ses romans policiers, fortement ancrés dans la réalité sociale[2]. *Le Facteur fatal* est le dernier volume d'une série mettant en scène un personnage récurrent, l'inspecteur Cadin, auquel l'auteur prête une manie : la collection d'authentiques faits divers qui donnent une couleur locale différente à chaque chapitre de ses sombres aventures à travers la France. Après *Les Dernières Nouvelles d'Alsace*, *Le Parisien* et *Toulouse-Infos*, Cadin découvre *La Dépêche du Midi*…

L'inspecteur s'installa derrière son bureau et, du bout de l'index, fit sauter la bande adresse de *La Dépêche du Midi*. Le journal arrivait à son nom, au commissariat, sans qu'il ait jamais envoyé de formulaire d'abonnement. Il y voyait un remerciement anonyme de la part des localiers qu'il laissait piocher à leur convenance dans les brèves de la main courante[3]. Il déplia le journal et son regard se posa directement, par habitude, sur la colonne de droite des infos régionales.

UN HOMME AU COURANT

Mercredi dernier, rue Pargaminières, un réparateur en vidéo bricolait les caméras de surveillance du bar-tabac Chez Naudy, juché sur un escabeau. Se sentant perdre l'équilibre, il a tenté de se rétablir en s'agrippant

---

1. Correspondant local d'un journal.
2. Voir *Cannibale*, « Classiques & Contemporains », n° 20, Magnard, 2001.
3. Registre sur lequel, dans les commissariats, on inscrit brièvement les incidents enregistrés heure par heure. Titre d'un recueil de nouvelles de Didier Daeninckx (Verdier, 1994).

de la main droite aux deux fils d'alimentation en 220 volts qu'il venait de dénuder. Le courant lui est passé à travers le corps et s'est frayé une sortie dans le mollet, par un trou de la grosseur d'une pièce de 5 francs. Le médecin qui l'a soigné a déclaré que l'homme avait la chance d'être droitier car si le courant était passé par la main gauche et donc le cœur, le malheureux serait mort foudroyé.

Emmanuel Carrère (né en 1957)
L'adversaire, © P.O.L, 2000

Bouleversé par l'histoire atroce du quintuple meurtre de J.-C. Romand, l'écrivain E. Carrère est entré, dit-il, « en résonance avec l'homme qui avait fait ça ». Il lui a écrit, l'a rencontré dans sa prison et a suivi son procès pour « essayer de comprendre » ; comme l'avait fait avant lui l'écrivain américain Truman Capote, en 1959, dans son récit « non-fictionnel » *De sang-froid* (*In Cold Blood*), adapté au cinéma par Richard Brooks en 1967.

Le récit de Carrère a été adapté au cinéma par Nicole Garcia, avec Daniel Auteuil dans le rôle de Romand, en 2001. La même année, l'affaire inspirait un autre film : *L'Emploi du temps*, de Laurent Cantet, avec Aurélien Recoing.

Pour être sûr d'être bien placé, je me suis fait accréditer aux assises de l'Ain par *Le Nouvel Observateur*. La veille de la première audience, toute la presse judiciaire française s'est retrouvée dans le principal hôtel de Bourg-en-Bresse. Je ne connaissais jusqu'alors qu'une catégorie de journalistes, les critiques de cinéma, j'en découvrais une autre, avec ses rassemblements tribaux qui ne sont pas des festivals mais des procès.

Le fait divers dans la littérature

Quand, ayant un peu bu comme nous l'avons fait ce soir-là, ils se rappellent leurs campagnes, ce n'est pas Cannes, Venise ou Berlin, mais Dijon pour Villemin ou Lyon pour Barbie, et je trouvais ça autrement sérieux. Mon premier article sur l'affaire me valait de la considération. Le vieux routier de *L'Est républicain* me tutoyait en me versant des chopines[1], la jolie fille de *L'Humanité* me souriait. Je me suis senti adoubé[2] par ces gens dont l'humanité me plaisait.

C'est à l'accusé qu'appartient d'autoriser ou d'interdire la présence de photographes au début des audiences et Romand l'avait autorisée, ce que certains interprétaient comme une marque de cabotinage. Il y en avait le lendemain matin une bonne trentaine, et des cameramen de toutes les chaînes de télévision qui pour tromper l'attente filmaient le box vide, les moulures de la salle et, devant l'estrade de la Cour, la vitrine exposant les pièces à conviction : carabine, silencieux, bombe lacrymogène, photos extraites d'un album de famille. Les enfants riaient en s'éclaboussant dans une piscine gonflable de jardin. Antoine soufflait les bougies de son quatrième anniversaire. Florence les regardait avec une tendresse confiante et gaie. Lui non plus ne semblait pas triste sur une photo qui devait dater de leurs fiançailles ou des premiers temps de leur ménage : ils étaient à une table de restaurant ou de banquet, des gens s'amusaient autour d'eux, il la tenait par les épaules, ils avaient vraiment l'air amoureux. Son visage était poupin, avec les cheveux qui frisaient, une expression de gentillesse rêveuse. Je me suis demandé si au moment de cette photo il avait déjà commencé à mentir. Sans doute oui.

L'homme que les gendarmes ont fait entrer dans le box avait la peau cireuse des prisonniers, les cheveux ras, le corps maigre et mou, fondu dans une carcasse restée lourde. Il portait un costume noir, un polo noir au col ouvert, et la voix qu'on a entendue répondre à l'interrogatoire

---

1. Demi-bouteilles de vin (familier).
2. Accepté comme équipier.

d'identité était blanche. Il gardait les yeux baissés sur ses mains jointes qu'on venait de libérer des menottes. Les journalistes en face de lui, la présidente et les jurés à sa droite, le public à sa gauche le scrutaient, médusés. « On n'a pas tous les jours l'occasion de voir le visage du diable » : ainsi commentait, le lendemain, le compte rendu du Monde. Moi, dans le mien, je disais d'un damné.

Seules les parties civiles ne le regardaient pas. Assise juste devant moi, entre ses deux fils, la mère de Florence fixait le plancher comme si elle s'accrochait à un point invisible pour ne pas s'évanouir. Il avait fallu qu'elle se lève ce matin, qu'elle prenne un petit déjeuner, qu'elle choisisse des vêtements, qu'elle fasse depuis Annecy le trajet en voiture et à présent elle était là, elle écoutait la lecture des 24 pages de faits d'accusation. Quand on est arrivé à l'autopsie de sa fille et de ses petits-enfants, la main crispée qui serrait devant sa bouche un mouchoir roulé en boule s'est mise à trembler un peu. J'aurais pu, en tendant le bras, toucher son épaule, mais un abîme me séparait d'elle, qui n'était pas seulement l'intolérable intensité de sa souffrance. Ce n'est pas à elle et aux siens que j'avais écrit, mais à celui qui avait détruit leurs vies. C'est à lui que je croyais devoir des égards parce que, voulant raconter cette histoire, je la considérais comme son histoire. C'est avec son avocat que je déjeunais. J'étais de l'autre côté.

Il restait prostré. Vers la fin de la matinée seulement il a risqué des regards vers la salle et les bancs de la presse. La monture de ses lunettes scintillait derrière la vitre qui le séparait de nous tous. Quand ses yeux ont enfin croisé les miens, nous les avons baissés tous les deux.

INFORMATION/DOCUMENTATION

BIBLIOGRAPHIE

• Sur la presse
– Pierre Albert, *La Presse française*, coll. « Note et études documentires », n° 4729-4730, La Documentation française, 1983.
– Jocelyne Hubert, *La Presse dans tous ses états – Lire les journaux du XVIIe au XXIe siècle*, coll. « Classiques & Contemporains », n° 86, Magnard, 2007.

• Sur le fait divers
– Annik Dubied, Marc Lits, *Le Fait divers*, coll. « Que sais-je ? », PUF, 1999.
– Romi, *Histoire des faits divers*, éd. du Pont Royal, Del Duca & Laffont, 1962.
– *Les Canards illustrés du XIXe siècle, fascination du fait divers*, catalogue de l'exposition de Jean-Pierre Seguin au musée-galerie de la Seita (9 nov. 1982-30 janv. 1983).
– Maurice Lever, *Canards sanglants, naissance du fait divers*, Fayard, 1993.
– Revue *Autrement*, « Le fait divers – Annales des passions excessives », n° 98, avril 1988.
– Roland Barthes, « Structure du fait divers », in *Essais critiques*, Seuil, 1964, pp. 188-197.
– Roger Chartier, « La pendue miraculeusement sauvée – Étude d'un occasionnel », in *Les Usages de l'imprimé*, Fayard, 1987, pp. 83-127.

• Sur des faits divers particuliers
– Georges Bataille, *Le Procès de Gilles de Rais : analyse des données historiques, annotations et commentaires des documents du procès (1440)*, Pauvert, 1965.
– Jean Pleyers, Jacques Martin, *Barbe-Bleue* (BD inspirée de la vie de Gilles de Rais), série « Jhen », Casterman, 1984.
– Mme de Sévigné, lettre 101 (l'affaire des poisons et l'exécution de La Voisin), in *Lettres*, 1680.
– Philippe Bonifay, Fabien Lacaf, *Mandrin* (BD), Glénat, 2005.
– Christine Sagnier, *L'Affaire Landru*, coll. « Grands Procès », De Vecchi, 2006.
– Frédéric Delacourt, *L'Affaire bande à Bonnot*, coll. « Grands Procès », De Vecchi, 2006.
– Gilles Perrault, *Le Pull-over rouge* (sur l'affaire Ranucci en 1976), Ramsay, 1978.
– Patricia Tourancheau, *Les Postiches, un gang des années 80*, Fayard, 2004.
– Florence Aubenas, *La Méprise : l'affaire d'Outreau*, Seuil, 2005.

Information/documentation

FICTIONS THÉÂTRALES INSPIRÉES PAR DES FAITS DIVERS

– *Les Bonnes* de Jean Genet, pièce de théâtre de 1947 inspirée du crime des sœurs Papin (2 février 1933).
– *Roberto Zucco* (1988) de Bernard Marie Koltes, pièce de théâtre retraçant la vie du criminel (parricide) Roberto Succo (ou Zuccho) de 1962 à 1988, adaptée au cinéma par Cedric Kahn en 2001.
– *L'Ordinaire* (1981) de Michel Vinaver, pièce de théâtre sur les conditions de survie (cannibalisme) des rescapés d'un crash aérien ayant eu lieu en 1972 dans la cordillère des Andes, fait divers qui inspira également le film de Frank Marshall *Les Survivants* (*Alive*), en 1993.

FILMOGRAPHIE

– *Titanic* (1997) de James Cameron : reconstitution du naufrage réel du paquebot (1912).
– *Le Pic de Dante* (1997) de Roger Donaldson : éruption (fictive) d'un volcan de type péléen dans la chaîne (réelle) des Cascades (état de Washington).
– *Les Rendez-vous du diable* (1958) et *Le Volcan interdit* (1966) : films documentaires du vulcanologue Haroun Tazieff.
– *Un roi sans divertissement* (1963) de François Leterrier, adapté du roman de Giono et inspiré de la bête de Gévaudan (1764-1768).
– *Mandrin, bandit gentilhomme* (1962) de Jean-Paul Le Chanois, qu'on pourra comparer avec *Cartouche* (autre « brigand bien-aimé ») de Philippe de Broca avec Jean-Paul Belmondo dans le rôle-titre (1962).
– *La Bande à Bonnot* (1968) de Philippe Fourastié : Bruno Cremer y incarne Bonnot et Jacques Brel Raymond la Science, le stratège de la bande.
– *Les Brigades du Tigre* (2006) de Jérôme Cornuau : la traque de la bande à Bonnot (Jacques Gamblin) par les brigades spéciales (motorisées) de Clemenceau sous les ordres du commissaire Garnier (Clovis Cornillac).
– *Les Blessures assassines* de Jean-Pierre Denis (2000), inspiré du crime des sœurs Papin (1933).

Dans l'abondante filmographie de Claude Chabrol, presque entièrement consacrée au crime, signalons quatre affaires célèbres.
– *Violette Nozières* (1978) retrace une affaire de parricide datant de 1933.
– *Une affaire de femmes* (1988) est l'histoire d'une femme condamnée à mort et exécutée le 31 juillet 1943 pour avoir pratiqué des avortements.
– *La Cérémonie* (1995) s'inspire du crime des sœurs Papin (1933).

Information/documentation

– *Landru* (1963) : Charles Chaplin en avait déjà fait un film d'après un scénario d'Orson Welles, *Monsieur Verdoux* (1947).

Bertrand Tavernier s'est inspiré lui aussi de faits divers.
– *Le Juge et l'Assassin* (1976) adapte l'histoire de l'égorgeur Vacher.
– *L'Appât* (1995) s'inspire d'un fait divers contemporain.
– *L627* (1992) montre la vie quotidienne d'un commissariat de quartier.

VISITES
– La Bibliothèque des littératures policières (BILIPO) présente des expositions temporaires à partir de ses collections telles que *Gangsters de Paris – Une histoire du milieu (1920-1970)*. Adresse : 48-50, rue du Cardinal-Lemoine, 75005 Paris (tél. : 01 42 34 93 00). Ouvert du mardi au vendredi de 14 h à 18 h, le samedi 10 h à 17 h et sur rendez-vous (entrée libre).
– Le musée du dessin de faits divers dans la presse ; 61, rue de la Cité, place de la Cathédrale à Troyes (tél. : 03 25 40 18 27).

INTERNET
• Pour utiliser la presse à l'école
Site du Centre de liaison et d'enseignement des médias d'information (émanation du ministère de l'Éducation) : www.clemi.org.

• Les journaux anciens
Pour accéder aux rubriques des journaux contemporains, il suffit de confier le titre à un moteur de recherche. Pour les journaux anciens, on peut consulter :
– http://www.sagapresse.com
– http://www.lafrancepittoresque.com
– www.cent.ans.free.fr

• Pour les sujets traités dans ce volume (faits et personnages)
– http://fr.wikipedia.org
– http://www.tueursensérie. org
– http://www.affaires-criminelles.org

Classiques & Contemporains

SÉRIES COLLÈGE ET LYCÉE

1 **Mary Higgins Clark,** *La Nuit du renard*
2 **Victor Hugo,** *Claude Gueux*
3 **Stephen King,** *La Cadillac de Dolan*
4 **Pierre Loti,** *Le Roman d'un enfant*
5 **Christian Jacq,** *La Fiancée du Nil*
6 **Jules Renard,** *Poil de Carotte*
   (comédie en un acte), suivi de *La Bigote* (comédie en deux actes)
7 **Nicole Ciravégna,** *Les Tambours de la nuit*
8 **Sir Arthur Conan Doyle,** *Le Monde perdu*
9 **Poe, Gautier, Maupassant, Gogol,** *Nouvelles fantastiques*
10 **Philippe Delerm,** *L'Envol*
11 *La Farce de Maître Pierre Pathelin*
12 **Bruce Lowery,** *La Cicatrice*
13 **Alphonse Daudet,** *Contes choisis*
14 **Didier van Cauwelaert,** *Cheyenne*
15 **Honoré de Balzac,** *Sarrasine*
16 **Amélie Nothomb,** *Le Sabotage amoureux*
17 **Alfred Jarry,** *Ubu roi*
18 **Claude Klotz,** *Killer Kid*
19 **Molière,** *George Dandin*
20 **Didier Daeninckx,** *Cannibale*
21 **Prosper Mérimée,** *Tamango*
22 **Roger Vercel,** *Capitaine Conan*
23 **Alexandre Dumas,** *Le Bagnard de l'Opéra*
24 **Albert t'Serstevens,** *Taïa*
25 **Gaston Leroux,** *Le Mystère de la chambre jaune*
26 **Éric Boisset,** *Le Grimoire d'Arkandias*
27 **Robert Louis Stevenson,** *Le Cas étrange du Dr Jekyll et de M. Hyde*
28 **Vercors,** *Le Silence de la mer*
29 **Stendhal,** *Vanina Vanini*

30 **Patrick Cauvin,** *Menteur*
31 **Charles Perrault, Mme d'Aulnoy, etc.,** *Contes merveilleux*
32 **Jacques Lanzmann,** *Le Têtard*
33 **Honoré de Balzac,** *Les Secrets de la princesse de Cadignan*
34 **Fred Vargas,** *L'Homme à l'envers*
35 **Jules Verne,** *Sans dessus dessous*
36 **Léon Werth,** *33 jours*
37 **Pierre Corneille,** *Le Menteur*
38 **Roy Lewis,** *Pourquoi j'ai mangé mon père*
39 **Charles Baudelaire,** *Les Fleurs du Mal*
40 **Yasmina Reza,** *« Art »*
41 **Émile Zola,** *Thérèse Raquin*
42 **Éric-Emmanuel Schmitt,** *Le Visiteur*
43 **Guy de Maupassant,** *Les deux Horla*
44 **H. G. Wells,** *L'Homme invisible*
45 **Alfred de Musset,** *Lorenzaccio*
46 **René Maran,** *Batouala*
47 **Paul Verlaine,** *Confessions*
48 **Voltaire,** *L'Ingénu*
49 **Sir Arthur Conan Doyle,** *Trois Aventures de Sherlock Holmes*
50 *Le Roman de Renart*
51 **Fred Uhlman,** *La Lettre de Conrad*
52 **Molière,** *Le Malade imaginaire*
53 **Vercors,** *Zoo ou l'Assassin philanthrope*
54 **Denis Diderot,** *Supplément au Voyage de Bougainville*
55 **Raymond Radiguet,** *Le Diable au corps*
56 **Gustave Flaubert,** *Lettres à Louise Colet*
57 **Éric-Emmanuel Schmitt,** *Monsieur Ibrahim et les fleurs du Coran*
58 **George Sand,** *Les Dames vertes*
59 **Anna Gavalda, Dino Buzzati, Julio Cortázar, Claude Bourgeyx, Fred Kassak, Pascal Mérigeau,** *Nouvelles à chute*
60 **Maupassant,** *Les Dimanches d'un bourgeois de Paris*
61 **Éric-Emmanuel Schmitt,** *La Nuit de Valognes*
62 **Molière,** *Dom Juan*
63 **Nina Berberova,** *Le Roseau révolté*
64 **Marivaux,** *La Colonie* suivi de *L'Île des esclaves*
65 **Italo Calvino,** *Le Vicomte pourfendu*

66 *Les Grands Textes fondateurs*
67 *Les Grands Textes du Moyen Âge et du XVIe siècle*
68 **Boris Vian,** *Les Fourmis*
69 *Contes populaires de Palestine*
70 **Albert Cossery,** *Les Hommes oubliés de Dieu*
71 **Kama Kamanda,** *Les Contes du Griot*
72 **Bernard Werber,** *Les Fourmis* (Tome 1)
73 **Bernard Werber,** *Les Fourmis* (Tome 2)
74 **Mary Higgins Clark,** *Le Billet gagnant et deux autres nouvelles*
75 *90 poèmes classiques et contemporains*
76 **Fred Vargas,** *Pars vite et reviens tard*
77 **Roald Dahl, Ray Bradbury, Jorge Luis Borges, Fredric Brown,** *Nouvelles à chute 2*
78 **Fred Vargas,** *L'Homme aux cercles bleus*
79 **Éric-Emmanuel Schmitt,** *Oscar et la dame rose*
80 **Zarko Petan,** *Le Procès du loup*
81 **Georges Feydeau,** *Dormez, je le veux !*
82 **Fred Vargas,** *Debout les morts*
83 **Alphonse Allais,** *À se tordre*
84 **Amélie Nothomb,** *Stupeur et tremblements*
85 *Lais merveilleux des XIIe et XIIIe siècles*
86 *La Presse dans tous ses états – Lire les journaux du XVIIe au XXIe siècle*
87 *Histoires vraies – Le Fait divers dans la presse du XVIe au XXIe siècle*
88 **Nigel Barley,** *L'Anthropologie n'est pas un sport dangereux*
89 **Patricia Highsmith, Edgar A. Poe, Guy de Maupassant, Alphonse Daudet,** *Nouvelles animalières*

NOTES PERSONNELLES

NOTES PERSONNELLES

NOTES PERSONNELLES

NOTES PERSONNELLES

Couverture
Conception graphique : Marie-Astrid Bailly-Maître
Choix iconographique : Cécile Gallou
Illustration : une du *Petit Journal illustré*, © Kharbine-Tapabor

Intérieur
Conception graphique : Marie-Astrid Bailly-Maître
Iconographie : Virginie Dauvet
Édition : Charlotte Cordonnier
Réalisation : Nord Compo, Villeneuve-d'Ascq

Remerciements de l'auteur
À Jean Hubert, Karine Liot, Marc Panchaud pour leur contribution au corpus journalistique ; aux bibliothécaires de la BILIPO (Paris) et des BM (Grenoble et St-Étienne-de-St-Geoirs) pour leur aide à la recherche d'archives ; à Alain Fortin pour l'apport bibliographique.

Aux termes du Code de la propriété intellectuelle, « toute reproduction ou représentation intégrale ou partielle de la présente publication, faite par quelque procédé que ce soit (reprographie, microfilmage, scannérisation, numérisation...) sans le consentement de l'auteur ou de ses ayants droit ou ayants cause, est illicite et constitue une contrefaçon sanctionnée par les articles L. 335-2 et suivants du Code de la propriété intellectuelle ».
L'autorisation d'effectuer des reproductions par reprographie doit être obtenue auprès du Centre français d'exploitation du droit de copie (C.F.C.) – 20, rue des Grands-Augustins – 75006 PARIS – Tél. : 01 44 07 47 70 – Fax : 01 46 34 67 19.

© **Éditions Magnard, 2007 – Paris**

www.magnard.fr

Achevé d'imprimer en avril 2007 par Aubin Imprimeur
N° d'éditeur : 2007/191 - Dépôt légal avril 2007- N° d'impression L 70851
Imprimé en France